VHS-Freundeskreis (Hrsg.)

Münster -

Meine Stadt schreibt ein Buch

Herausgeber: VHS-Freundeskreis
Redaktionelle Bearbeitung: Dr. Susanne Eichler, Eva Schmidtke
Umschlaggestaltung, Illustration: Andrea Ottenjann

Verlag: Westfälische Reihe, Münster

ISBN: 978-3-95627-259-2 (Paperback)

Printed in Germany

Bibliografische Information der Deutschen Nationalbibliothek:
Die Deutsche Nationalbibliothek verzeichnet diese Publikation in der Deutschen Nationalbibliografie; detaillierte bibliografische Daten sind im Internet über http://dnb.d-nb.de abrufbar.

Inhaltsverzeichnis

Vorwort

Wie aus den Münstergeschichten ein Buch geworden ist

Münster ist eine schreibenswerte Stadt, dachten wir und legten los. Erst zögerlich, „was kommt da auf uns zu?“, dann entschlossen: „Münsteraner haben etwas zu erzählen!“. Das war im September 2013, der Landesverband der Volkshochschulen in NRW startete das Projekt: Meine Stadt schreibt ein Buch. Schreiben wir mit? Ein Buch und dann im Internet? Also ist es doch eher ein Blog zur jeweiligen Stadt?

Ja, es wurde eine Sammlung von Geschichten, Impressionen, Momentaufnahmen, Gedichten bis hin zum Krimi und alle Autorinnen und Autoren hatten nur Platz für kurze Kurzgeschichten, maximal 2.400 Zeichen. Manche wussten sich zu helfen, dann gibt es halt Teil 1, Teil 2, Teil 3…

Am Anfang hakte die Technik, da fragten wir Thomas Heine von Imago, er hat uns tatkräftig unterstützt. Eine ältere Dame, deren Enkel sie ermuntert hat doch mal was zu schreiben, fragte am Telefon, wie ins Netz stellen? Es ging, der Enkel half.

Wie auch junge Menschen zum Schreiben animieren? Eva Schmidtke, passionierte Autorin und Herausgeberin weiß, wie es geht und begleitete drei VHS-Schreibwerkstätten in der Stadtbücherei, ermunterte zum Schreiben und trainierte die Beobachtungsgabe mit Herz und Verstand. Überhaupt, sie blieb dran, entdeckte Menschen in Münster, die Geschichte mach(t)en, interviewte sie, strukturierte und feilte…

Als der profilierte Vorleser Clemens von Ramin aus Hamburg „unsere" Geschichten im Juni 2014 im VHS-Forum präsentierte, wussten wir: Sie sind ein Buch wert, sie überzeugen durch immense Vielfalt, hohes Einfühlungsvermögen, Erzählkunst oder einfach durch einen wohltuenden Blick auf Münster.

Ein Buch muss gedruckt werden, das kostet Geld. Doch was wäre die Volkshochschule Münster ohne den VHS-Freundeskreis: Die ersten 100 Exemplare werden mit finanzieller Unterstützung des Freundeskreises gedruckt, ganz herzlichen Dank dafür!

Dr. Anna Ringbeck
Direktorin der Volkshochschule

Dr. Susanne Eichler
Fachbereich Gesellschaft & Kultur

Münster, im Dezember 2014

01 Münster poetisch betrachtet

Münster in 14 Versen

Wo die Leezen den Verkehr regieren,
Staunende den Domplatz fotografieren,
Schwäne auf dem Aasee leben,
Unverbesserliche ihnen Kekse geben,
wo jeder joggen auf der Promenade geht,
Studis ins Schloss gehen statt in die Universität
und gleich darauf noch ein Pils in der D´ille,
dann wankt man heim, ab ins Bett. Stille.
Wo die Jungen und Schönen durch die City hüpfen,
die Alten und Schönen in ihre Nerze schlüpfen,
wo man mittwochs das Bergfest zelebriert
und Kopfsteinpflaster die Straßen ziert,
da ist man, wie manch einer schon meint,
in Münster, auf das sich kaum was reimt.

Julia Demming

Markttag im September 2013

Wochenende, Markt, oh welche Wonne,
Leeze raus, ab in die Sonne!
Schnell noch nach dem Korb gegriffen,
Auf die Sorgen wird gepfiffen.

Von St. Lamberti schlägt´s 11 Uhr.
Wo lass ich das Rad jetzt nur?
Alles strömet durch die Gasse.
Nicht, dass ich den Fritz verpasse!

Treffpunkt ist am Kardinal von Galen.
Ach, da stehn die Leut in Scharen.
Trinken Kaffee aus großem Pott,
Warte hier, aufgemotzt im lila Top.

Reibeplätzchen-, Suppen-, Kaffeeduft
Wirbeln durcheinander in der Luft.
„Hallo, Britta, hier ist Peter!
Glaub, dein Fritz, der kommt erst später."

Also gehe ich erst mal los.
Ja, was koche ich morgen bloß?
Pilze gibt´s jetzt jede Menge,
Dazu Petersilienstängel.

Erdbeerschälchen „drei für zwei",
Sind so günstig, bin schon dabei.
„Brauchen Sie Pflaumen?", fragt der Bauer.
„Gerne – oder sind sie sauer?"

Käse darf ich nicht vergessen,
Darauf ist der Fritz versessen.
Nun fängt das Probieren an,
Leckeres gibt`s für jedermann.

Jetzt schlägt´s zwölf vom hohen Dom,
Und mein Magen knurrt auch schon.
Samstags bleibt die Küche kalt,
Also mach ich beim Backfisch halt.

Das Handy klingelt aus der Tasche.
Gerade stehe ich an der Kasse.
„Was willst du, mein lieber Fritz?
Du bist zu spät", sag ich ihm spitz.

„Liebling, ich sitze schon im Marktcafé,
Lese die WN bei einer Tasse Tee.
Helma und Achim sind auch schon da.
Du fehlst mir so. Ist alles klar?"

Brigitta Meeßen

Frühlingserwachen in Münster 2014

Im Garten steht ein neues Haus
und schaut zu seinen Fenstern raus,
direkt in meinen Garten rein –
das Gartenhäuschen ist jetzt mein.

Geh ich in mein Paradies,
leuchtet schon von Ferne dies,
signalisiert mit aller Macht:
Ein Bauwagen hat haltgemacht.

Jetzt grüßt mich, lang bevor ich´s seh,
aus dem Fernsehn ´ne Idee:
Der Bauwagen von Lustigs Peter:
In meinem Garten steht er!

Hier wird experimentiert
und auch Ein´ges ausprobiert:
Denn nur Anbau einfach –
das ist nicht meine Sach´!
Nicht nur auf Gemüsenaschkram
kommt´s mir im Münster-Garten an:
Genauso bin ich int´ressiert
an Gefleuch und an Getier.

Mein Anbau ist nicht wenig komisch
weder öko- oder ergonomisch,
stets lebensfreundlich, erdbetont,
weil ich wen achte, der hier wohnt...

Denn ob Regenwurm oder Engerling,
jeder macht sein eigen Ding:
Maulwurf, Mäuschen oder Igel,
acht ich wie mein eigen Siegel.

Eichhörnchen, Amsel, Rotkehlchen
gehören zu den guten Seelchen,
die bei der Arbeit mich begleiten,
manche Freude mir bereiten.

Und stoß ich wo auf schwarze Tunke,
blickt mich an ´ne warz´ge Unke.
Nächtens ruft mich oft – pardauz –
aus dem Wald ein kleiner Kauz.

In den Blüten emsiges Gesummel
liefern Wespen, Bienen, Hummel.
Bin auf der Welt ich irgendwo bei mir,
dann stets und immer hier, nur HIER!

Birgit Werner

Es wird Sommer

Licht- und Schattenspiele. Sonnentrapeze über ansteigende Stuhlreihen gewebt. Kreidestäubchen schwebend in der Luft.
Es ist halb eins. Stille über den Köpfen der Studenten. Der keimende Sommer kitzelt Nervenenden. Irgendwo singt ein Vogel. Anderswo klingelt ein Telefon. Unten vor der Tafel monotonisiert der Professor.
Die Köpfe auf die Arme gelegt, gleiten ihre Blicke aus dem Fenster. Die Sonne gleißt auf einem fluchtversprechenden Gewirr von geparkten Fahrrädern. Träume mischen sich unter Schweiß und Sonnenlicht wie eine erfrischende Brise. Die Welt sieht anders aus durch blau getönte Sonnenbrillengläser.
Es ist ein Uhr. Taschengeraschel. Schlüsselklimpern. Das Scharren von Turnschuhen, Ballerinas und vereinzelt Sandalen. Die Stuhlsitze verabschieden sich aufschwingend von ih-

ren Besitzern.
Die Luft füllt sich mit Worten und Gelächter. Wo trifft man sich? Geht noch wer in die Mensa? Nicht doch, nicht bei dem Wetter.
Es ist erst Ende April und doch schon so heiß. So heiß.
Der Fahrradkorso schiebt sich schwatzend über die Promenade, stoppt am Neubrückentor. Rucksäcke werden abgeworfen, Decken ausgebreitet, überflüssige Kleidungsstücke segeln auf frisch gesprossenen Rasen. Winterblasse Haut erneuert ihre Bekanntschaft mit der Sonne.
Es ist halb drei. Irgendjemand ruft den Pizzadienst.
… eine Margarita, eine Salami ...
… zur Promenade am Neubrückentor bitte...
Der Pizzabote auf seinem roten Roller freut sich. Es wird Sommer, wird er nach Schichtende seiner Freundin erzählen. Ich habe heute vierzehn Pizzen ins Grüne geliefert.
Die Studenten spielen Frisbee, wackeln über Slacklines und aalen sich auf ihren Decken. Handys läuten.
… ja, ja, wirklich super ...
… es wird Sommer...
… an der Promenade, am Flugzeugspielplatz...
… nein, wir sind bestimmt noch eine Weile hier...
Es ist halb neun. Die Sonne verschwindet rot hinter den Bäumen. Die Studenten ziehen sich T-Shirts über die gewärmte Haut.
Gehen wir noch wo hin? Nö, ist doch schön hier.
Die Luft ist lau. Irgendwer entdeckt den ersten Stern am abendblauen Himmel. Ein anderer feuert den ersten Grill an.

Hellhäutige Würstchen ergießen sich aus der Plastikpackung auf das dunkle Gras. Sie werden unter Handybeleuchtung mit Tempotaschentüchern geputzt. Macht doch nix, das bisschen Dreck grillt sich runter. Aus einem Ghettoblaster singt Bob Marley von drei kleinen Vögeln.
Bald schon schwebt der Duft von brutzelnden Würstchen und abgenutzter Sonnencreme die Straße hinunter, wie das Parfüm einer lang vermissten Freundin, und blinzelt durch die offenen Fenster in die Wohnzimmer der Anwohner.
Riechst du's?, sagen sie zueinander.
Riechst du den Sommer? Endlich wird es Sommer.

Gesa Sumowski

PEPI PILGERT MÜNSTER KALENDER

Ich geh nicht auf den Jakobsweg

Ich gehe ins Café
Da ist es münstersch kuschelig
Im **JANUAR** im Schnee

Im **FEBRUAR** auf allen Narrenwagen
Helau und Prinzipalmarktsfähnchen
Tanz ich mit den westfälschen Blagen

Ins Theater trab ich dann
S'ist Zwitterzeit s'ist **MÄRZ**
Zieh noch meine wollenen Socken an

Zerr im **APRIL** den Widder am Horn
Patsche die Promenade entlang
In Gummistiefeln und voll Zorn
Du zauderst so oh! **MAI**
Suche dich, Liebling, am Schloss
Im Botanischen Garten – hei

In den **JUNI** verliebt, flip-flop,
Schlapp ich zum Hafen
Und zeig mich im Top

JULI, JULI immer wieder
Lauf ich zum Aasee
Singe barfuß Sommerlieder

Auch im **AUGUST** auf keinem Pilgerweg
Lieber faul und versunken
lieg ich auf dem Skulptura-Steg

Arkaden und Rathaus
Schon ist **SEPTEMBER**
Zieh die Pumps an, ziehe sie aus

In **OKTOBER**– Stiefelettchen dann
Wandle ich zum kalten Dom
Zünde wärmende Kerzen an

Im **NOVEMBER** erst recht zu Hause
Geh ich Picasso besuchen
Zieh durch Kneipen und mache Pause

Auch im **DEZEMBER** bin ich's zufrieden
„Schuhsohlen" verschling ich
im leuchtenden Münster hienieden

Christa Rademacher

02 Was sich so am Aasee tummelt

SOS am Aasee

Anne lag auf einer Decke an den Oldenburgkugeln und ließ sich von der Sonne bescheinen.
Hach, war das schön, wieder in Münster zu sein. Klar, Berlin war klasse gewesen, aber ein Jahr in der Großstadt reichte auch. Jetzt war sie zurück und freute sich, ihre beste Freundin Nora wiederzusehen. In einer Stunde wollten sie sich am Riesenrad treffen. Es war nichts los am Aasee, die Menschen waren wohl alle auf dem Send.
Doch plötzlich rannte jemand über die Wiese zu den Treppen. Anne setzte sich neugierig auf. Dieser Jemand trug ein Kapuzenshirt und das Gesicht war nicht zu erkennen.
„Bekloppt", dachte Anne, „bei so einem warmen Wetter ´ne Kapuze auf." Der Kapuzenmensch war an der Treppe angekommen, und Anne sah, dass er eine Kiste auf dem Arm hatte. Plötzlich warf er sie im hohen Bogen in den See und raste sofort nach links zur Straße.
Anne sprang empört auf und schrie Kapuze hinterher: „He, was fällt Ihnen denn ein! Sie können doch da keinen Müll reinschmeißen!" Sie rannte zur Treppe und sah den Karton auf dem Wasser dümpeln. Aber was war das? Anne fiel auf, dass er sich bewegte, und hörte ein leises Fiepen. Entschlossen streifte sie ihre Sandalen von den Füßen und ging die Stufen runter. Je weiter sie ging, desto glitschiger wurde es. Sie versuchte, an den Karton zu gelangen, aber er war schon ein

Stück abgetrieben. „Hilft nix", dachte sie und sprang mit einem Satz ins Wasser. In wenigen Schwimmzügen erreichte sie den Karton und schob ihn vor sich her. Das Fiepen wurde lauter, und Anne beeilte sich, an Land zu kommen. Pitschnass saß sie auf den Stufen und öffnete den Karton. Darin saß ein kleiner Hund, der Anne total verängstigt anschaute. Er hatte ein dunkelbraunes, etwas lockiges Fell und einen weißen Fleck auf der Brust. Welcher Rasse er angehörte, konnte Anne nicht erkennen. Aber das war ja auch egal. Vorsichtig nahm sie das kleine Wesen aus dem Karton und nahm es auf den Arm. Das Hündchen drückte sich zitternd an Anne. „Ne, das darf doch wohl nicht wahr sein! Wer schmeißt denn einen Hund ins Wasser? Und was mach ich jetzt mit dir? Ich wollte doch zum Send!"

Sie ging mit dem Hund zur Decke und wühlte in ihrer Tasche nach dem Handy. Eine Nachricht von Nora war gekommen: „Bin leider verhindert, melde mich später. Happy Nora."

„Na super, das trifft sich ja perfekt", sagte Anne zu dem Hund und schickte eine SMS an Nora.

„Kann auch nicht. Muss nach Hause. Bin total nass. Happy Anne!"

Marion Spaan

Karnevalsschlager ohne Musik »Münster ganz vorn«

Wo das Tretboot einen Schwan geliebt,
wo's Leezen mehr als Menschen gibt,
wo die Giebelhäuser stolz am Prinzipalmarkt stehn,
dort, und ganz besonders dort,
da kannst du uns sehn.

Wir sind – mit Aaseewasser gewaschen,
wir sind – die süßen Torten zum Naschen,
ihr seid – die Kerls von echtem Alt und Korn.
Münsteraner,
die Absahner,
ganz, ganz vorn.
Die Absahner, ganz, ganz vorn.

Wo Pinkus Müller Biere braut,
wo man das Töttchen gut verdaut,
wo der Kiepenkerl ganz stolz an seiner Pfeife zieht.
Dort und nur alleine dort singt man dieses Lied.

Wir sind – mit Aaseewasser gewaschen,
wir sind – die süßen Torten zum Naschen,
ihr seid – die Kerls von echtem Alt und Korn.
Münsteraner,
die Absahner,
ganz, ganz vorn.
Die Absahner, ganz, ganz vorn.

Gabi Sutter

Schwanengedicht

Ob et stürmt oder schneit,
oder ob die Sonne lacht.
Ganz egal auch welche Zeit,
ganz egal wat Petrus macht.
Selbst wenn eine Sturmflut droht,
Petra liebt ihr weißes Tretboot.

Keiner kann die beiden trennen,
wird man es auch nie verstehn.
Nur dat Tretbootboot macht das Rennen,
dat ist nicht zu übersehn.

Wohin auch dat Tretboot schwimmt,
Petra, die ist stets dabei.
Sie ist für dat Boot bestimmt
und vielleicht kommt noch ein Ei?

Wunder gibt es immer wieder,
warum nicht in dieser Stadt?

Dann kriegt dat Tretboot ein Gefieder
und die Botaniker sind platt.

Elfriede Möllenbaum

Nebelstreif am Aasee

Frau im Dämmerlicht des Kinos kennengelernt. Schien charmant, lebendig und hat eine wohlklingende Stimme. Na ja, mal schauen. Da sie bald nach Südafrika verreisen will, wo ich einige Jahre gelebt habe, betone ich dies. Man(n) will sich ja interessant machen.

Treffen abends am Aasee. November, schon etwas dunkel. Oh, sie gefällt mir! Laternenlicht auf ihrem Gesicht. Sie wird immer schöner!

Langer Spaziergang, das Gespräch fließt munter und angeregt dahin, alle Sinne auf Intuition. Lichter schimmern auf dem Aasee, die alten Weiden scheinen gar nicht so grau, sondern vertraut und heimelig.

Beim Treppenaufstieg hakt sie sich wie selbstverständlich bei mir im Arm ein, ein warmes, stolzes Gefühl durchflutet mich, als wenn es immer so gewesen wäre, als müssten wir miteinander gehen.

Der erste Kuss. Ihr Atem, suchende, tastende Lippen, eine zarte Berührung, selbstvergessenes Glück, einfach nur da sein, gedankenloses Jetzt überwältigt mich …

Leider hat sich der verheißungsvolle Anfang nicht erfüllt. Ein anderer Mann. Trotzdem: Spaziere ich an dieser Stelle am Aasee vorbei, denke ich mit Wehmut, aber auch mit Dankbarkeit zurück. Liebe ist nichts für Feiglinge.

Joachim Schneider

Daheim

Münster liegt am Meer. Hier segeln die Kinder in den Ferien neuen Ufern zu. Wind kommt auf. „Weiter, weiter", lauten die Kommandos. Junge Staatsbürger in Schwimmwesten üben sich im Wenden. In der Bischofsstadt folgt man schon wieder mit heiligem Ernst den Anordnungen der Lehrer. Man ist sehr diszipliniert, weil man in internationale Gewässer will. Segeln ist eben kein Wunschkonzert. Heute empfangen die Schüler noch Befehle, morgen schon werden sie selber welche geben. Wir sitzen alle in einem Boot - nur Kinder aus Afrika sind nicht dabei. Schwarze üben lieber im Mittelmeer. Auf dem Weiß der Segel leuchtet das Kürzel der Lokalzeitung. Im „Uferlos", einem Café mit Meerblick, legt der Kiepenkerl die Westfalenseite aus der Hand. Dann stopft er die Pfeife. Er zündet sie nicht an. Rauchverbot! So ändern sich die Gezeiten. Segel werden eingeholt. Die letzten Meter rudern die jungen Leistungsträger. Im Hafen angekommen, sind sie daheim. Als die Segelschüler ihre Schwimmwesten abstreifen, zeigt sich das Trikot. Kein Adlerträger, sondern die Bayernfahne mit dem Logo des Sponsors. Ein Handy klingelt. Wir sind zu Hause.

Gregor Bohnensack-Schlößer

Segelkrimi am Aasee

Letzten Sommer fuhren meine Familie und ich von unserem Wohnort Emsdetten nach Münster zum Aasee. Dort fand eine Segelregatta statt. Man sah viele Boote, die von den Mannschaften aufgebaut wurden. Ich freute mich sehr auf das hoffentlich spannende Rennen. Es waren Boote aus ganz Deutschland und sogar das weltbeste amerikanische Team dabei. Bevor das Rennen startete, wurden Bojen gelegt, damit alle wussten, wo es langgeht. Als gerade die Bojen gelegt wurden, führte Papa uns zu einem Stand, an dem man Seemannsknoten lernen und machen konnte. Wir probierten alle vier Knoten aus, aber Papa musste uns immer helfen. Danach holten wir uns Pommes und gingen wieder nach unten. Jetzt gleich würde es losgehen. Dann kam der Startschuss und das Rennen ging los. Vorne kam es zum Duell Münster gegen Amerika. Nach der ersten von vier Runden führte das Team aus Münster. In der zweiten Runde fielen fast alle sehr zurück, nur die Amerikaner kamen immer näher: Nun fuhren sie die dritte Runde, der Wind hatte sich zurückgezogen und deshalb waren alle langsamer. Jetzt holten auch die Schwachen wieder auf. Dann passierte es: Das Bremer Boot, das weiter hinten lag, kenterte. Niemandem passierte etwas, aber für sie war das Rennen gelaufen. Währenddessen ging das Boot aus Münster immer weiter in Führung. Plötzlich kamen die Schiedsrichter und disqualifizierten das Team auf Platz 4, weil es einem anderem die Vorfahrt genommen hatte. Jetzt waren Münster und Amerika in der letzten Runde. Sie fuhren eng aneinander. Ich fand es sehr spannend. Da kam eine Böe. Die Amerikaner kenterten beinahe, schafften es mit viel Mühe aber doch. Es sind noch 20 Meter und das amerikanische Team überholt das aus Münster. Noch fünf Meter, jetzt sind sie genau auf gleicher Höhe. „Zieeeeeeel!!!" Aber wer hatte eigentlich gewonnen? Wir holten uns noch eine Pommes und nach einer halben Stunde kam endlich das Ergebnis: „Nach einem wirklich sehr genau angeguckten Video heißt unser Sieger: die Amerikaner!!!" Somit reicht es um Zentimeter nicht für den Sieg des deutschen Teams. Der dritte Platz geht an das Team aus Berlin. Das waren die Besten von heute. Herzlichen Glückwunsch!!! Ich freute mich sehr, denn ich war für Amerika.

Karl Stommel

Rollt die Kugeln in den Aasee

Ein Sommerabend in Münster 1977. Ich bin 20 Jahre, Studentin am Fachbereich Design.
Im „Schwarzen Schaf" an der Königsstraße gibt es bis drei Uhr nachts noch Spaghetti zu klassischer Musik – oder war es Zwiebelsuppe?
Es ist Mensafete für alle am Aasee. Und meine Freundin und ich gehen „feten".
Es ist heiß. Die Musik, sie dröhnt. Es wird gefeiert, getrunken, gerockt, die Stimmung kocht, die Luft vibriert, es ist voll, richtig voll, es ist laut, es ist eng, eigentlich viel zu eng. Das Wetter ist schön draußen, ein milder Abend. Plötzlich geht ein Raunen durch die Luft und wird immer lauter. Es übertönt die Musik. Und dann schallert es überall: „Rollt die Kugeln in den Aasee!" „Rollt die Kugeln in den Aasee!" Bewegung entsteht und sie bewegt sich Richtung Ausgang. Die Studis schieben sich nach draußen. Und dann sind wir beide auch im Strom, setzen uns in die Nähe der Kugeln und betrachten das Treiben mit Abstand. Sie hat Liebeskummer, meine Freundin. Und wir reden – und wir schauen zu.
Ein Pulk von jungen Leuten schiebt sich laufend zu den Kugeln und beginnt, angefeuert von einem lautstarken Chor, die Kugeln zu bestürmen, zu besetzen, zu besteigen.
Sie ziehen und zerren, rütteln und reißen, laut und lustvoll und dann immer aggressiver: „Rollt die Kugeln in den Aasee – rollt die Kugeln in den Aasee!" Ein regelrechter Hass auf die

Kugeln bricht sich seine Bahn. Sie sollen weg, die Kugeln, sie sollen rollen und sie sollen in den Aasee rollen.
Wir sitzen seitlich zum Geschehen, meine Freundin und ich. Ist sie in ihren Prof. verliebt? Ach nein, es war ja umgekehrt. Irgend so eine ungeklärte Beziehungsgeschichte. Neben dem ganzen Kugelgeschiebe schwingt auch das immer mit. Liebeskummer ist eben Liebeskummer und braucht aufmerksames Zuhören - und das ist wichtig.
Der Abend zieht weiter, es wird langsam frisch und die aufgebrachten Studenten - unsere Kommilitonen - ziehen und rütteln und hebeln an der Kugel, bis sie sich aus der Verankerung schon gelöst hat.
Faaaaaaast hätten sie es geschafft. Doch da tauchen plötzlich rings um den Aasee Lichter auf, wie Katzenaugen in der Nacht, Licht neben Licht, und ein dröhnendes Megafon, so oder so ähnlich schallert rüber: „Hier spricht die Polizei, hier spricht die Polizei. Verlassen Sie das Gelände!"
Ein Auflösungsprozess beginnt, die Stimmung ist abgebrochen und die Studenten laufen tatsächlich sofort weg. Es gibt kein Gerangel mit der Polizei.
Und auch wir kommen irgendwann nach Hause, in unser Studentenwohnheim. Und wir gehen auch nicht mehr ins „Schwarze Schaf".
Nein - ich habe nicht mitgemacht, damals am Aasee, denn ich fand die Kugeln künstlerisch und richtig gut. Und sie gehörten dahin, wo sie auch waren, und nicht versenkt in den Aasee. Total „anti" war ich mit meiner Meinung, unverständlich für andere, wie ich denn nur so eine Kugelschei... und Geld-

rausschmeißerei für Kunst statt für Soziales gut finden könnte. Da kam mir viel Aggression entgegen.
Ja, nicht nur viele Münsteraner, nein, auch ein Großteil der Studentenschaft wollten sie nicht. Und ich? Ich mochte die Kunst von Claes Oldenburg und seine „Giant Pool Balls". Sie haben meine Fantasie angeregt und das tun sie noch heute. Ein Stück Kunst, ein Stück Idylle. Und heute ein fester Bestandteil des Stadtbildes.
Und meine Freundin von damals, auch sie schätzte das Kunstwerk. Wir sind nun über 30 Jahre befreundet – sie lebt jetzt wieder im Rheinland.
Nur der Prof., der lebt nicht mehr, außer in unserer Erinnerung. Er starb viel zu jung und viel zu früh. Und das „Schwarze Schaf" von damals mit klassischer Musik bis drei Uhr nachts, das gab es dann irgendwann auch nicht mehr.
Und die Kugeln? Sie liegen weiterhin, fest einbetoniert, werden besprüht, bestaunt, ignoriert, stolz vorgezeigt, werden wieder gesäubert, werden hinterfragt und weiter fotografiert.
Ich war damals „dabei" und ein inneres Lächeln schiebt sich aus dem Bauch nach oben in mein Gesicht. Ich mag sie, „meine Kugeln", ach – das sagte ich ja schon – nur ganz so blank geputzt müssen sie nicht sein.

Sabine Schmitz

03 Wie die Jugend Münster sieht

Gibt es Münster bei Nacht?

Nachts auf der Promenade. Egal, ob es mitten in der Woche oder Wochenende ist, stets sind hier zahlreiche Leute zu Fuß oder mit dem gängigsten Münsteraner Fortbewegungsmittel, dem Fahrrad, unterwegs. Und vor allem, wenn es so richtig dunkel ist, werden Fußgänger, die sich erdreisten, Radfahrern in die Quere zu kommen, wütend zur Seite geklingelt.
Auch in der Innenstadt findet man immer Nachtschwärmer und ungeachtet des Wochentags sind beliebte Kneipen sehr gut besucht. Im Winter stehen sie vor den Kneipen und beschweren sich lautstark über die Kälte und die Tatsache, dass sie immer nach draußen gehen müssen. Sie nennen es „Jagd auf arme Raucher". Schlendert man durch die Innendstadt, trifft man auf viele Spaziergänger, die an den geschlossenen Geschäften am Prinzipalmarkt vorbeibummeln und gespannt in die Schaufenster gucken. Nach wie vor sind Touristen unterwegs, die den Dom und die „Wiedertäufer-Kirche" in ihrer Beleuchtung betrachten wollen oder an einer Führung mit einem als Nachtwächter verkleideten Stadtführer teilnehmen. Dieser Stadtführer sieht mit seinem langen schwarzen Mantel, dem Hut und der Laterne tatsächlich aus, als wäre er ein Nachtwächter aus einem vergangenen Jahrhundert. Auch wenn man in die Wohngebiete gelangt, in denen nun die Autos, beleuchtet von Straßenlaternen, dicht an dicht am Bordstein stehen, ist es noch lange nicht ruhig. Insbesondere in den

Studentenvierteln brennt auch spät noch Licht, und man kann sich vorstellen, wie verzweifelte Studenten über ihren Aufzeichnungen brüten und wahrscheinlich doch viel zu vieles nicht verstehen. Schaut man durch die Fenster in die Wohnungen, sieht man sogar den ein oder anderen brütenden Kopf! Da sitzt doch tatsächlich ein Student im Fensterrahmen, ein Buch in der einen und eine Bierflasche in der anderen Hand und neben sich eine zerknautschte Chipstüte. Aus einigen der Studentenwohnungen dringt Partylärm, und man sieht junge Leute, die wohl auf bestandene Prüfungen anstoßen, und erkennt auf diversen Balkonen gestapelte Bierkästen, die den Vorrat für den Abend darstellen.

Auf Münster trifft es zu, das Klischee der niemals schlafenden Stadt. Egal wo man ist, stets trifft man auf Leute, die feiern, gemütlich beieinandersitzen oder auf dem Weg in ein Restaurant sind. Immer trifft man irgendwo Studenten, Geschäftsleute oder echte Münsteraner, die spätabends noch scheinbar dringende Erledigungen machen müssen. Sie schauen nicht auf, um die schönen Bögen des Prinzipalmarktes zu sehen, sondern bearbeiten meistens wild ihre Smartphones und schaffen es trotzdem gerade, staunenden Touristen auszuweichen, die die Münsteraner Atmosphäre genießen. Denn diese Atmosphäre ist ja auch eine besondere. Da ist die hell erleuchtete Innenstadt, die zu jeder Zeit Menschen anzieht, ob es nun Touristen, nächtliche Spaziergänger oder verliebte Paare sind. Man verlässt die Innenstadt und gelangt an den Aasee. Hier sammeln sich wahre Menschenmassen jeden Alters, sobald es Sommer wird. Bis in die frühen Morgenstunden sitzen hier Leute zusammen, grillen und feiern. Münster ist tatsächlich außergewöhnlich bei Nacht, und tatsächlich schläft es niemals, obwohl keiner, vor allem kein Berliner, auf die Idee käme, es als Großstadt zu bezeichnen.

Maren Heuing

Hussel, Münsters begehrter Schokoladenladen

Meine Füße finden den Weg inzwischen allein, ohne dass ich nachdenken muss, in welche Richtung es geht. Hauptbahnhof Münster - Subway - Café - Altstadt -HUSSEL Confiserie. Da, unter dem goldbraunen Torbogen aus Sandstein, sehe ich die Angebote lockend winken. Ich beschleunige meine Schritte.
Der Geruch haut mich um. Na gut, nicht der Geruch allein. Da ist auch noch die Glastür.
Wer macht sich die Mühe, die so blitzblank zu kriegen? Als ich mit ihr kollidiere, ist sie allerdings nicht mehr so sauber, ein unschöner Fleck vernebelt jetzt die Aussicht auf feinste Pralinen und anderes leckeres Zeug.
Meine Nase tut weh und die Verkäuferin schaut nicht gerade, als hätte sie im Lotto gewonnen. Selbst schuld! Wer die Scheibe so pingelig putzt, muss mit den Folgen rechnen. Ich hoffe, meine Nase sieht nicht so gequetscht aus wie ihre Stirnfalten. Die machen nämlich dem Grand Canyon Konkurrenz.
Es ist nicht ganz so einfach, würdevoll einen Bogen zu beschreiben und mit äußerster Vorsicht zielgenau ins Ladenin-

nere zu steuern. Wer einmal vor einer Menge pralinenbesessener Menschen gegen eine Glastür gelaufen ist, kann mir sicher zustimmen. Sie gucken und tuscheln und kichern und schnauben und schauen mitleidig. Das ist das Schlimmste. Fast kann ich ihre Gedanken hören. Armes, armes Mädchen, keinerlei Koordination und dann auch noch so naiv, sich in Münsters Öffentlichkeit zu wagen! Pah!
Ich setze den Ausdruck auf, der mir den Spitznamen Alte Monarchin gegeben hat: hoheitsvoll und überlegen. Kann ja jedem mal passieren, dass er gegen eine Tür rennt, auch wenn es Hussels Tür ist.
Je näher ich dem hinteren Teil des Ladens komme, desto schwerer fällt es mir jedoch, meine Miene aufrechtzuerhalten. Ich muss mich zusammenreißen, um nicht wie ein Drogenhund zu schnüffeln zu beginnen. Verschiedenste Aromen steigen in meinen ramponierten Riechkolben: geröstete, mit zarter Schokolade ummantelte Mandeln; Erdbeeren, Kirschen und Äpfel in Schokolade; spezielle Gianduja-Nuss-Nougat- und Eierlikör-Sahne-Trüffel-Täfelchen, die meine Sinne in die Irre führen. Mmmmmmh….

Ich schnappe mir ein Tütchen sowie die kleine Schaufel, dann schiebe ich den Plexiglas-Schutz, zuständig für fieses Krabbeltier, Haarausfall-Gefährdete und allerlei mehr, beiseite und sammle die Zutaten für die nächste Völlerei. Nichts darf fehlen, sonst fühlen sich besagte Schoki-Leckereien noch benachteiligt. So ein Mensch bin ich nicht. Bei mir wird jeder gleichberechtigt behandelt.

So. Mehr kommt nicht in die Tüte. Wortwörtlich; ich muss aufpassen, dass ich auf dem Weg zur Kasse nichts verliere.
Voll Vorfreude reiche ich der Kassiererin die Tüte. Sie schaut nicht mehr ganz so missmutig, wahrscheinlich hat sie erkannt, dass ich ein gut zahlender Kunde bin. Mein Tütchen voll Kalorien lässt die Waagschale tief sinken. Sehr tief. Oha.
Als Frau Missmutige-Hämische-Verkäuferin den Preis nennt, kommt es mir vor, als wäre ich schon wieder gegen eine Tür gerannt. 34,57 €. Für Schokolade!
Vom Schokohimmel auf den harten Boden der Tatsachen zurückgeholt, schließe ich das Kleingeldfach meines Portemonnaies. Was sollte ich auch ohne meine Schokolade tun? Nachdem ich ihr die Scheibe ruiniert habe, wird mir die Kassiererin wohl kaum einen Rabatt geben. Ich bin schon fast versucht, die Tüte an mich zu reißen, den Inhalt in meinen Mund zu kippen und abzuhauen. Aber wie gesagt, so ein Mensch bin ich nicht.
Wie lange muss man ins Gefängnis, wenn man Schokolade nicht bezahlt?
Ich rücke besser meine Bankkarte raus, gebe die Geheimzahl ein und strecke die Hand nach meinem Tütchen aus. „Ich wünsche Ihnen noch einen wunderschönen Tag in Münster!", sage ich der Kassiererin schnippisch, dann mache ich mich auf und davon.
Die Glastür stellt diesmal kein Hindernis dar, ich sehe den Fleck meiner armen Nase in der Luft schweben und trete sicher ins Freie. Vorsichtshalber rufe ich den nächsten Passanten „Achtung Tür!" zu, schließlich möchte ich nicht, dass die

Krankenstation mit geschundenen Nasen überfordert wird. Ihren verwirrten Blicken nach zu urteilen, kennen sie sich allerdings mit den fanatisch geputzten Scheiben Münsters aus. Anscheinend sind sie das eingefleischte, pralinenliebende Volk, das auch bei den schwindelerregenden Mietpreisen hier nicht vor fast ebenso teuren Schokoleckereien zurückschreckt, gewohnt.
Die Altstadt Münsters empfängt mich mit ihrem gewohnten Trubel, und ich kann gar nicht anders, als mich vom Zug der Menschen mitziehen zu lassen, bis ich irgendwann die Gelegenheit zum Abspringen nutze und mich auf eine freie Bank plumpsen lasse. Dann versinke ich im Schokoladenhimmel!

Helena Jansen

Auf der Suche nach Cinderellas Kleid

„Du kaufst dir kein Kleid im Internet!" Und so stand es fest. Eigentlich habe ich bereits ein schönes Kleid für meinen Abschluss gefunden. Doch Mama meinte, ich könne das Kleid nicht im Internet bestellen, ohne wenigstens vorher im Laden gesucht zu haben. Ich gehe aber nicht gerne einkaufen, also wollte ich auch nicht danach suchen.
Trotzdem sind wir, unter lautstarkem Protest meinerseits, nach Münster zu Peek & Cloppenburg gefahren. So genervt, wie ich war, hielt meine Schwester schon einen Sicherheitsabstand zu mir. Die ersten Kleider habe ich dementsprechend auch als hässlich empfunden. Keines schien auch nur ansatz-

weise schön zu sein. Also beschrieb ich das Kleid aus dem Internet meiner Schwester, in der Hoffnung, eben dieses hier auch finden zu können. Sie verschwand und kam tatsächlich mit einem ähnlichen Kleid wieder. Meine Laune stieg langsam und so fing ich auch an zu suchen. Die Kleider schienen alle gleich viel schöner zu sein. Auf einmal kam meine Schwester mit DEM Kleid zu mir. Es war aus einem hellgrau bis schwarzen Taft und schulterfrei. Bis zur Hüfte lag es eng an und ab dort fiel es in alle Richtungen. Ich glaube, ich habe noch nie so viel Tüll auf einmal gesehen. Und es war vollkommen übersät mit kleinen Blumen aus grau-metallic glänzenden Perlen! In diesem Kleid hätte selbst Cinderellas böse Stiefschwester den Prinzen bekommen. Es hatte nur ein Problem. Es war so dunkel. Da kam eine Verkäuferin auf uns zu. „Kann ich Ihnen helfen?" Verkäufer sind mir eine unerklärliche Spezies, oft sind sie zwanghaft freundlich, aber diese war mir tatsächlich sympathisch. Vielleicht ist sie Münsteranerin? Jedenfalls wird sie im Umgang mit den Damen Münsters sicher viel Erfahrung gesammelt haben, was kompliziertere Fälle anbelangt. Ich erzählte ihr von meinem Dilemma und sie konnte mir tatsächlich helfen. Das Kleid gab es noch in Rosé und war so schön! Das Kleid aus dem Internet war absolut vergessen. Ich zog es an, und die nette Verkäuferin gab mir ein paar Tipps, wie ich an meinem Abschluss meine Haare machen könnte oder was für Schmuck geeignet sei. Da das Kleid recht aufwendig aussah, erklärte sie mir, dass eine Hochsteckfrisur kombiniert mit ein paar langen Ohrringen vermutlich am besten dazu passen würde. Zum Vergleich zog ich auch noch das schwarze Kleid an, doch das roséfarbene Kleid war viel schöner. Sie brachte mir eine Stola aus Seide, welche sie mir am Rücken zu einer Schleife band. Der Einkauf war so spaßig, dass wir im Anschluss sogar noch bei Deichmann die passenden Schuhe gefunden haben. Es wurden schwarze Pumps mit Stoffbezug. Vorne auf den Schuhen war, passend zum Kleid, eine große Blume. Das war ein richtig gelungener Tag in Münster.

Michelle Sperfeld

Münster kann auch richtig schön sein!

Es ist ein kalter Tag im Januar, als meine Mutter in mein Zimmer kommt und fragt: „Hast du Lust, heute nach Münster zu Betti zu fahren?“ Ich wäre gerne mal wieder in Münster, um endlich wieder etwas anderes als mein 500-Einwohner-Dorf Bilk zu sehen, und beschließe zu fahren.
Als ich in Münster aus dem Zug steige, finde ich mich in einem für einen Dorfbewohner riesig wirkenden Bahnhof wieder. Dort angekommen, nehme ich Kontakt zu meiner Schwester auf. Bis ich sie schließlich finde, dauert es noch eine ganze Weile, Münster ist wohl zu groß für mich.
Nach dem planlosen Herumirren bin ich umso glücklicher, nach Wochen wieder in das Gesicht meiner Schwester zu blicken. Nach einer Umarmung beginnen wir mit der Tagesplanung. Wir wollen zuerst ein wenig durch die Stadt bummeln

und dann noch etwas essen gehen. Zu klären bleibt jedoch noch die Frage nach dem Was und nach dem Wo. Mein wählerischer Geschmackssinn schließt den Vorschlag meiner Schwester aus, chinesisch essen zu gehen. „Wir könnten auch ins Vapiano gehen", schlägt meine Schwester vor, davon bin ich schon eher angetan, Pizza mag sogar ich. Gegenargument gegen das Vapiano sind allerdings die eher kleinen Budgets einer Studentin und einer Schülerin. Ich mache große Augen, setze ein Lächeln auf und werfe ein einzelnes Wort in den Raum: „Flammkuchen?" Betti muss lachen, „Können wir machen" antwortet sie, Flammkuchen ist eindeutig eines der besten Gerichte der Welt und mein Schwesterchen macht es definitiv genial. Noch nicht ganz zufriedengestellt, schiebe ich noch ein „mit Nachtisch?" hinterher, als meine Schwester auch dazu ihr O. K. gibt, bin ich absolut zufrieden mit den Essensplänen, nun kann nichts mehr den Tag ruinieren.
Die nächsten Stunden verbringen wir in Münsters Fußgängerzone, die ich sonst nur aus hektischen Einkaufsalbträumen kenne, bei denen es galt, eine meist ellenlange Liste abzuarbeiten. Das Problem hierbei war meist, dass die Gesamtheit der Münsteraner Läden nichts für meine viel zu langen Gliedmaßen zu führen schien. Ein solcher Shoppingausflug endete somit fast immer in absoluter Frustration. Anders ist es jetzt, wir schlendern gemütlich und absolut nicht gehetzt durch die zum ersten Mal wirklich schön wirkende Einkaufspassage. Wir schauen uns in einigen Läden um, ohne, was mich zufrieden macht, die Umkleidekabinen aufzusuchen. Allein bei H&M zücken wir unsere Portemonnaies, Betti kauft sich dort

Socken und ich mir eine supergünstige Mütze, da die Temperaturen draußen immer weiter sinken und meine Ohren sich langsam, aber sicher in Eisklötze verwandeln.
Meine Lieblingsstation in Münster erreichen wir gegen Ende des Stadtbummels, die Süßigkeitenabteilung von Galeria Kaufhof, in der ich absolut Jahrzehnte verbringen könnte. Zu meiner Enttäuschung leisten wir uns nur einen Riegel der neuesten Lieblingsschokolade meiner Schwester. Ginge es nach mir, kauften wir mindestens die halbe Abteilung leer. Ich lasse mich schließlich doch zum Gehen überreden, als meine Schwester auf das bevorstehende köstliche Essen mit Nachtisch verweist.
Langsam beginnt mein Magen zu grummeln, und meine in Zwiebelschicht angeordnete Kleidung lässt auch die ein oder andere Kältewelle passieren, sodass wir uns auf den Weg machen, um die Zutaten für die Flammkuchen zu kaufen. Der in der Nähe gelegene Rewe ist uns zum Einkaufen nur recht, und so erstehen wir neben den Zutaten noch Chips, Schokolade und zum Schluss auch den sehnlichst erwünschten Nachtisch, eine Daim-Torte mit mehr Kalorien, als gut für uns sind. Um den Abend noch mit mehr Unterhaltung zu füllen, beschließen wir, bei Poertgen Herder vorbeizuschauen und die eine oder andere DVD zu besorgen. Wir durchforsten gemeinsam die reduzierten DVDs. Schwieriger als gedacht gestaltet sich die Filmauswahl, nach 5 Minuten ist noch keine Entscheidung gefällt. Letztendlich können wir uns doch für die beiden Filme „Julie&Julia“ und „Once“ entscheiden und machen uns auf den Heimweg.

In der Studentenwohnung befreien wir uns dann von unserer dicken Winterkleidung, und ich warte darauf, endlich meine Finger und Füße wieder spüren zu können. Nachdem wir uns kurz ausgeruht haben, beginnen wir mit dem Essenmachen. Circa eine halbe Stunde später sitzen wir genüsslich unsere Flammkuchen verspeisend auf dem Sofa und schauen wie geplant unsere Filme. Wie im Flug vergehen die Stunden, und als der Film beendet ist, sitze ich glücklich zu einer Kugel zusammengerollt an meine Schwester geschmiegt auf dem Sofa. So kurz vorm Einschlafen fühle ich, dass ich wahnsinnig froh bin, mich für den Besuch in Münster entschieden zu haben. Münsters schöne Seite hat mich diesmal überzeugt, und ich beschließe, nun öfter mal hierherzukommen.

Johanna Köhler

04 Wie die Älteren das damalige Münster sehen

Himmlische Himbeertörtchen

Zu einer Zeit, als man dem Handwerk in Münster noch einen goldenen Boden nachsagte, gelang Jean Matin, dem Besitzer der kleinen Konditorei an der „Romantischen Ecke" auf Münsters Prinzipalmarkt, nach einer durchzechten Nacht, mit noch brummenden Schädel, aber noch vor Morgengrauen der große Durchbruch. Statt der üblichen Schattenmorellen, die er dank seines beklagenswerten Zustandes in der Eile nicht hatte finden können, setzte er dem Himbeermus, welches er für die Füllung seiner Törtchen verwendete, einfach eine gute Handvoll roter Sauerkirschen zu.

Gegen Mittag stand die Bude voll.

Man musste den großen Meister aus dem Bett holen, und als er den Laden betrat, fingen die Leute an zu klatschen. In der Tat, diese unglaublich delikaten Himbeertörtchen, manche behaupteten, sie wären nicht von dieser Welt, sie seien einfach himmlisch, waren fortan nicht nur das Stadtgespräch in Münster, auch auf dem Land begannen sich bisher unbescholtene Kaffeetanten zusammenzurotten, um den Prinzipalmarkt zu erstürmen. Trinkfreudige Kegelbrüder mutierten zu biederen Milchkaffeetrinkern, wenn es nur ein Himbeertörtchen dazu gab. Aus dem Berner Oberland in der Schweiz kam ein Ersuchen um die Genehmigung zur Eröffnung einer Dependance zum Zwecke der Verbreitung von Backwaren nach dem Originalrezept.

Tja, damals war was los in Münster.
Eines Tages betrat ein älterer Herr, elegant gekleidet mit Zylinder, Gehrock und weißer Hose, das Café und ließ sich von der Verkäuferin eine Erdbeerschnitte einpacken. Noch halb im Weggehen fiel sein Blick auf die verführerischen Himbeertörtchen in der Vitrine. Leicht verlegen gab er die Erdbeerschnitte zurück und bekam dafür ein Himbeertörtchen, welches er auf der Stelle aufaß. Dann verabschiedete er sich, sichtlich zufrieden, und schritt zur Tür.
„Mein Herr", rief ihm die Verkäuferin nach, „Sie müssen noch Ihr Himbeertörtchen bezahlen."
„Dafür habe ich Ihnen doch die Erdbeerschnitte gegeben."
„Die haben Sie aber auch nicht bezahlt."
„Die habe ich ja auch gar nicht gegessen."
Er deutete noch eine Verbeugung an, lüftete den Zylinder und verschwand.

Friedrich Malinowski

KreuzViertelHaus

Unser altes Haus ist ein Lehrstück - für gute alte Handwerkskunst und unsachgemäße Behandlung, für den Wohlstand der Erbauer und die erlebten Katastrophen. Seit 1905, seinem Baujahr, gab es zwei Weltkriege und ungezählte Ein- und Auszüge - tot oder lebendig.
Gleich hinter der alten Haustür, deren Erhalt einige Diskussionen und etliches Geld gekostet hat, liegen noch die Fliesen mit nach wie vor attraktivem Villeroy&Boch-Muster. Die Holztreppe besteht zum Teil aus aufwendig gedrechselten Elementen. Weiter oben setzen sich schlichtere und nur sehr entfernt ähnliche Details durch, die nach Kriegszerstörung ersatzweise eingefügt wurden.
Auf dem Dachboden, wo sich Spuren der Brandbombe erhalten haben, fand sich die Offizierskiste eines gewissen 'Hptm Held', von dem sonst nichts nachgeblieben ist.
Unser altes Haus scheint sich zuweilen zu schütteln, wenn davon die Rede ist, Deutschland müsse endlich eine seiner wirtschaftlichen Bedeutung angemessene Rolle in der Welt spielen - als wolle es sagen: nicht schon wieder!

Eckhard Müller

Münster-Splitter 1974

Das Leben hierzulande, als Münster neben der Stadt der Kirchen, der Kneipen auch eine lebendige Kinometropole war, ist mir sehr präsent. Bildhaft erinnere ich mich an eine Osternachtsmesse 1974 im Paulusdom, bei der mir die Liturgie der Tauferneuerung „Widersagt Ihr dem Teufel" ziemlich bizarr vorkam.

Vielleicht lag es an der grauen Masse der Kirchenbesucher, die echote:

„Wir widersagen!"; in ihr entdeckte ich das ein oder andere Gesicht aus der Lokalpolitik. Vielleicht aber lag es auch am Kontrastprogramm für den weiteren Abend. Eine Stunde später traf ich mich nämlich mit der Clique vor dem Apollo-Theater (heute Titus-Rollsport) am Marienplatz.

Wir wollten uns die Spätvorstellung vom „Tanz der Vampire", dem Polanski-Kultfilm, gönnen.

Dieser Ort war einer meiner liebsten in Münster, ich mochte besonders die geschwungene Treppe, die zu dem Kinosaal mit den rotsamtenen Sitzen führte.

Zur Clique gehörte der Objektkünstler Roxy Heart, er war nicht das einzige Gesamtkunstwerk in der damaligen Stadtszene, in der es einen Schlangenbeschwörer, einen Tippelbruder namens Caruso und ein Hippiemädchen gab, was aus Weißbrot Fische und Kruzifixe formte.

Mit dem gelockten, wirr vom Kopf abstehenden Haar sah Roxy aus wie ein Rauschgoldengel, er trug ein T-Shirt mit T-Rex-Aufdruck, darüber eine Brokatjacke, die einem chinesi-

schen Gobelin glich, lila Schlaghosen und weiße Plateaustiefel.
Nach der Kinovorstellung, die von zahlreichen Effekten einiger Cineasten wie Weckerrasseln oder Glöckchenklang untermalt wurde, kehrte man im „Schwarzen Schaf“ nebenan ein (heute steht an dieser Stelle das Café Extrablatt.)
Hier wurden bei Kerzenlicht und Musik von Vivaldi bis zum frühen Morgen Pastagerichte serviert.
Das „Schaf“ war damals eine Institution, wohin es Studenten, Künstler und Nachtfalter zog. Wie es dort duftete: nach Wachs der abgebrannten Kerzen, nach Moschus und Weihrauch und der Bologneser Soße, die zu den Spaghettigerichten serviert wurde.
Hier demonstrierte Roxy uns, wie er kleine Spielzeugfigürchen (später Ü-Eier-Inhalte) und Schneekugeln neu in Szene setzte.
Außerdem stellte er mir seine Freundin vor, eine hübsche dunkelhaarige Person mit Zahnlücke und Glitterlook.
Die gelernte Gold- und Silberschmiedin Bea jobbte zu der Zeit in Eddis Orientgalerie in der Frauenstraße. Der Laden befand sich schräg gegenüber von Hausnummer 24, einem imposanten Jugendstilbau, wo am 03.10.1973 eine der ersten Hausbesetzungen in der Bundesrepublik stattgefunden hatte.
Sie lud mich in Eddis Galerie ein, und ich war verblüfft, wie routiniert sie dort Schmuck, Afghanenmäntel und indische Gewänder verkaufte.
Eddi, ein früh ergrauter Mitvierziger, hatte die halbe Frauenstraße bei sich sitzen, aber auch Langzeitstudenten und Möch-

tegernkünstler.
Stets servierte er duftenden Tee aus dem Samowar, dabei erzählte er manche Räuberpistole von seinen Indienreisen.
Eines Tages zeigte er mir voller Besitzerstolz eine Schatulle, in der ein Büschel hennagefärbten Haares ruhte, von einem Samtband zusammengehalten. Sein süffisantes Grinsen verriet, um welche Behaarung es sich handelte.
Tja, damals stand man eben in gewissen Kreisen noch zu seiner Körperbehaarung!
Mit ihm diskutierte ich auch über die Kaffeehäuser der Stadt und teilte seine Meinung, dass es nur drei brauchbare gäbe: Schucan, Grotemeyer, Kleimann!
Im Café mit der ältesten noch erhaltenen Renaissance-Fassade aller Giebelhäuser des Prinzipalmarktes traf sich im blauen Salon die alternative Szene: Bei Getreidekaffee und Tee diskutierten Salute, Long John und Hansi M. lautstark über die Stadtpolitik oder philosophische Themen.
Auf Dauer aber fühlten sich nicht nur die Fische im Aquarium und die Serviererinnen mit den gestärkten weißen Schürzen gestört, sondern in erster Linie einige Pohlbürger, von denen ich einen mal brüllen hörte: „Dieses langhaarige Pack sollte zum Bund. Dort würde man jeden von denen zurechttrimmen!"
Ich verließ das Café immer durch den vorderen Ausgang, denn ich hatte es durchaus nicht eilig, zur juristischen Fakultät zu gelangen. Noch immer habe ich das Geräusch des Hufgeklappers der Kaltblüter der Germania-Brauerei im Ohr: wie das hallte auf dem Kopfsteinpflaster des Prinzipalmarktes.

Wie oft sah man diese Kutschen in der Stadt.
Gestärkt mit Kräuterbonbons, die damals an zahlreichen Verkaufsständen in der Innenstadt angeboten wurden, und mit einer Scheibe Kokosnuss vom Obststand unter den Bögen trollte ich mich lustlos über den Domplatz zur Fakultät.
Nur weiß ich nicht mehr, ob ich damals allzu oft dort ankam, denn in der Stadt war es so bunt geworden.

Renate Rave-Schneider

Der Vorleser

Als ich fünfzehn war, hatte ich Gelbsucht. Die Krankheit begann im Herbst und endete im Frühjahr. Je kälter und dunkler das alte Jahr wurde, desto schwächer wurde ich. Erst mit dem neuen Jahr ging es aufwärts. Der Januar war warm und meine Mutter richtete mir das Bett auf dem Balkon. Ich sah den Himmel, die Sonne, die Wolken und hörte die Kinder im Hof spielen. Eines frühen Abends im Februar hörte ich eine Amsel singen.
„Singdrossel", hörte ich eine Stimme hinter meinem Rücken. „Es war eine Singdrossel." Eine ältere Dame mit dem hochgeschlagenen Mantelkragen nahm meinen Arm und zog mich sanft zur Seite. „Sie können hier nicht lesen, Sie halten ja den ganzen Betrieb auf, die anderen Leute wollen auch zur Klappe." Ich schob den Schlink in meine Jackentasche.
„Die Amsel kommt erst, wenn der März sich neigt, die Drossel sich schon früher zeigt", setzte sie fort. Aha!

„Kommen Sie, junger Mann, wir setzen uns drüben auf die Bank, ich erkläre Ihnen alles.“ Sie hatte mir beim Lesen über die Schulter geschaut und den aufgeschlagenen Text sofort erkannt. Da kamen dann die Erinnerungen hoch.

Die Erinnerungen an Bernhard Schlink. Er war Richter am Verfassungsgerichtshof in Münster, sie war seine Referendarin. Er schrieb viel, aber der „Vorleser“ war sein Durchbruch. Sie wollte die Zeit mit ihm nicht missen, er war ihr Mentor und ihr Verhältnis war im höchsten Grade kameradschaftlich, über all die Jahre hinweg. Durfte sie ihn unter diesen Umständen korrigieren?

Dann, eines Tages, stellte sie ihm die Frage, die sie ihm schon immer stellen wollte.

Darauf hat er dann mit einem leichten Anflug von Sarkasmus geantwortet: „Mag schon sein, aber die Amsel hat mehr Sprachgefühl.“

Wochen später traf ich die Dame an der Bücherklappe in Hiltrup wieder, gerade als ich auf Merkels Tochter gestoßen war.

Friedrich Malinowski

05 Münsters Annettchen liebevoll betrachtet

Drei Skulpturen

Es gibt ein angenehmes Plätzchen in der Promenade, zwischen drei Skulpturen, die an historische Persönlichkeiten erinnern:
Annette von Droste-Hülshoff (1797-1848), deren Marmorbüste im Jahr 1905 etwa dort ihren Platz gefunden hat, von dem aus die Dichterin einst (um 1832) den Buddenturm zeichnete. Zuvor stand die Büste auf dem Kanonenberg (bei der Straße „Am Kanonengraben“).
Die bekannte Dichterin blieb zeit ihres Lebens „unberührt vom zeitgeschichtlichen Gedankengut der Aufklärung“.
Julius Otto Grimm (1827-1903) hat im Musikleben der Stadt über 40 Jahre als Dirigent, Lektor und Musikdirektor eine wichtige Rolle gespielt. Er lebte an der dem Standort benachbarten heutigen Rudolf-von-Langen-Straße.
Seine aus Anlass des Kaiserbesuchs im Jahr 1884 geschaffene „Kaiserhymne“ („Heil Dir, Kaiser! Du mächtiger Herrscher! Ruhm und Preis!“) mutet aus heutiger Sicht unangenehm schleimig an.
Die Altum-Stele mit dem Uhu (von Arnold Schlick 1962) bezieht sich auf den seinerzeit berühmten Zoologen Bernard Altum (1824-1900), der aus der benachbarten (ehemaligen) Ribbergasse stammte. Ein 1905 errichtetes Vorgänger-Denkmal war im Zweiten Weltkrieg zerstört worden.

In seinem Hauptwerk „Der Vogel und sein Leben" bezog Altum Stellung gegen Alfred Brehm (Brehms Tierleben). Er war zudem strikter Gegner der Erkenntnisse von Charles Darwin zur Evolution.
Ich sitze gern zwischen den dreien und sehe der Stadt beim Hasten und der Zeit beim Vergehen zu. Manchmal beschleicht mich die Frage, was diese drei „Säulenheiligen" uns mitzuteilen haben.
Jedenfalls wird durch sie deutlich, welche vordemokratischen Täler durchschritten werden mussten, um zumindest schon mal auf den heutigen Stand zu kommen - und ein Ende ist lang noch nicht in Sicht.

Eckhard Müller

Dichternähe

Ja, sie ist mir nah, die Annette von Droste-Hülshoff, ein Spaziergang über die Autobahn und schon bin ich bei ihr, bin ich dort, wo sie die letzten Jahre ihres dichterischen Lebens in Liebeskummer und anderer tragischer Verfassung verbrachte, nämlich auf dem Gelände des Hauses Rüschhaus. Die Gedichte-Container (einer in Blau - Am Thurme, einer in Grün - Im Grase, einer in Braun - Der Knabe im Moor) sind inzwischen weggeräumt worden und geben den Blick auf das Schlaun'sche Sommeranwesen (das 1826 von der Familie abgekauft und von Mutter, Schwester und Annette von Droste-Hülshoff bewohnt wurde) mit seiner Gräfte nach vier interes-

santen Wochen in Sachen Lyrik wieder frei (das Wort „Gräfte" war mir bis vor einiger Zeit unbekannt, mehr wird nicht verraten, ich bitte, in den Duden zu schauen).
Was muss es einsam gewesen sein in dieser Gegend um die Aa herum und in dieser von Wiesen, Weiden, Wald und Sumpf geprägten flachen Münsterländer Landschaft, als die Dichterin ihre Werke reimte aus Frust, aus Wut, aus Angst, aus nicht erlebter Fraulichkeit und Sinnlichkeit, aus vielen und noch mehr Gründen ihrer Zeit, in der Männer auch in der Dichtkunst das Sagen hatten und eine Frau an den Kochtopf und ins Kindbett gehörte.
Ich freue mich, in meinen eigenen Dichterjahren (sie haben erst spät angefangen) die Droste so nah bei mir zu haben und verfolgen zu können, wie das wächst und gedeiht, was zu ihrem Gedenken angelegt werden soll: ein Lyrikweg (auch für Kinder) zwischen ihrem Geburtshaus (der Burg Hülshoff) und dem Rüschhaus, ein Weg, den sie oft ging, wenn sie dichterisch- verträumt unterwegs war. Manchmal fürchtete sie sich auch in der Einsamkeit, wenn die Äste unter ihren Füßen knackten, sie knietief im Schnee versank oder graue Nebelschwaden ihren aufgekratzten Geist durchzogen.
„O schaurig ist´s über´s Moor zu gehn ..."
Dann war sie mit sich allein, schrecklich allein, während in heutiger Zeit nicht mehr nur eine Brücke über die mehrspurige Autobahn mit ihren polternden Geräuschen die Droste und mich trennt.

Das ist der Preis der Zivilisation, für eine Dichterseele wie mich jedoch kein Grund, mit dem Schreiben aufzuhören. Im Gegenteil.

Marion Gitzel

„Wär ich ein Mann doch mindestens nur“

Nicht nur der ein oder andere kann sich der Dichterin Annette von Droste-Hülshoff nahe fühlen, wenn er durch den Barockgarten am Rüschhaus wandelt, denn schließlich ist sie ja aller Münsteraner Nettchen, wie die Droste von ihrer Familie so gerne genannt wurde. Die Burg Hülshoff und das Rüschhaus sind beides Orte, wo Münsteraner – natürlich nicht nur – gerne spazieren, wo sie Literatur- und Musikveranstaltungen anbieten und wo die Droste-Gesellschaft auf diese und jene Weise der Dichterin Andenken bewahrt.

Annette von Droste-Hülshoff wollte zuallererst Frau sein, eine liebende Frau, eine schreibende Frau. Aber als Frau des 19. Jahrhunderts und erst recht als Adelige war sie gefangen in Konventionen und Pflichten. So musste sie zu einer tragisch Liebenden werden, deren Sensibilität und Liebeshunger immer wieder an Glaubenszwängen, an geistiger Enge und schließlich am Altersunterschied scheiterten. Ihr Liebesschmerz kulminierte in dem Verlust von Levin Schücking – er war 17 Jahre jünger, ihre Muse und ihre große Liebe. Der junge Schriftsteller heiratete 1843 eine junge Frau.

Doch immer schon waren gerade Leid und Schmerz als starke

Gefühle die Quelle von Inspiration und Kreativität. Nur so konnte sie in ihren Gedichten eine Sprache sprechen, die ihren Leser auch heute noch tief in seiner Seele erreicht. Ohne Selbstmitleid hat sie gegen den Willen der Familie geschrieben, in ihrem „Schneckenhäuschen" im Haus Rüschhaus, und ihre Sehnsucht nach Freiheit und Eigenständigkeit fand in bewegenden Zeilen Ausdruck: „Wär ich ein Mann doch mindestens nur,/ so würde der Himmel mir raten;/Nun muss ich sitzen so fein und klar,/Gleich einem artigen Kinde,/Und darf nur heimlich lösen mein Haar/Und lassen es flattern im Winde!"

Geht man in dem versponnen-verspielten, abgeschiedenen Rüschhaus umher, sie hat dort nach dem Tod ihres Vaters mit Mutter und Schwester bis fast zum Ende ihres Lebens gelebt, schlendert man durch den Obstgarten mit seinen Apfel- und Birnenbäumen - es ist Herbst und die Zweige sind schwer von Früchten -, kann man ihre Aura ein wenig einfangen, während man in einen Apfel beißt, der natürlich am Boden gelegen hat, denn Fallobst darf der Besucher verspeisen, wenn es nicht vor ihm der Wurm getan hat.

Eva Schmidtke

06 Wo man sich in Münster gerne aufhält

Das Herzstück Münsters

Ein Platz mitten in Münster, umringt von Cafés, dem Hauptsitz der Bezirksregierung Münster, dem LWL-Landesmuseum und der Post: der Domplatz, ein Anziehungspunkt. Besucht ist der Domplatz von zahlreichen Menschen: Touristengruppen, Schulklassen oder einfach einzelnen Personen. Münsteraner wissen um seine Bedeutung am Mittwoch- und Samstagvormittag, der Zeit des Wochenmarktes. Auf dem Markt wälzen sich immer wahre Menschenmengen an den Ständen vorbei. Viele Holländer.

Und auf dem Domplatz steht eben der Dom! Hohe Decken, bunte Fenster und eine unglaubliche Atmosphäre - er steht wie ein stiller Riese. Außen wie innen.

Beim Aufdrücken der schweren Flügeltür zum Altarraum des Doms überkommt einen dieses Gefühl von Ehrfurcht vor den Erbauern dieses mächtigen Gebäudes. Man fühlt sich klein und vielleicht auch etwas verloren: die hohen Gewölbe, die kühle Luft, die Weite des Raumes und die riesige Orgel hinter dem Altar - all dies schüchtert einen ein. Aber nur im ersten Moment. Danach steckt einen die ruhige Atmosphäre an, man wird besinnlich.

Im Altarraum ist es ganz still. Eine Frau Mitte 40 sitzt in Gedanken versunken auf einer der vielen Sitzbänke mit den braunen Stoffbezügen. Ihre Hände im Schoß gefaltet, hockt sie da. Starrt auf das Jesukreuz und wendet keinmal den Blick von ihm ab. Nur einmal dreht sie kurz den Kopf, als sich schlurfende, langsame Schritte nähern – eine Touristengruppe, bestehend aus Männern und Frauen zwischen ca. 80 und 85 Jahren. Schritt für Schritt kommen sie in den Altarraum. Viele sind zittrig auf den Beinen und schieben einen Rollator vor sich her. Eigentlich fordert nur diese eine Tätigkeit schon ihre ganze Konzentration, doch die Damen und Herren strengen sich an, möglichst viel über den Dom zu erfahren. Einzelne Fragen schallen herüber, wie: „Wer baute eigentlich den Dom?“, und: „Wie teuer war das alles hier?“ Auf jede geduldige Antwort der jungen Touristenführerin folgt ein nachdenkliches Schweigen und auch ich denke über die Antworten nach. Nach einiger Zeit stimmt die Gruppe ein Lied an und sie beten alle gemeinsam das Vaterunser. Im Hintergrund huscht eine Nonne in Richtung Gebetbücher vorbei und die Glocken fangen an zu läuten. Passiert jetzt etwas? Auch die alten Menschen scheinen sich dies zu fragen – fast alle haben ihren Blick nach oben gerichtet und lauschen dem gleichmäßigen Schlag der Glocken. Nein, es geschieht anscheinend nichts. Langsam setzt sich die Reisegruppe wieder in Bewegung und steuert auf die Flügeltür, die nach draußen führt, zu. Vielleicht gehen sie jetzt zu irgendeinem der Cafés, die sich um den Dom herum befinden, und reden über ihre Besichtigung.

Für einen Moment genieße ich die Stille. Dann, beim Verlassen des Doms, noch ein kurzer Blick zu der auf das Jesukreuz starrenden Frau. Sie sitzt immer noch da. Vielleicht denkt sie gerade über wichtige Dinge nach, über Probleme, Geldsorgen,

oder doch etwas ganz anderes? Ich weiß es nicht.
Das Verlassen des Doms ist wie ein kleiner Schock. Auf einmal ist es hell, laut und man vernimmt ein Stimmengewirr. Der kalte, ein bisschen modrige Geruch des Doms verschwindet aus der Nase und tauscht sich gegen den Duft von Stadt aus, frisch und erdig. Doch es bleibt ein Gefühl zurück, das an den Dom erinnert und das man nur schwer beschreiben kann - eine Mischung aus innerer Ruhe und vielleicht Geborgenheit?
Mit dem Wissen, dass sich irgendwo nördlich im Dom der Domschatz, bestehend aus Kostbarkeiten sakraler Kunst, Goldschmiedearbeiten, Textilien aus der Barockzeit, Romanik und Gotik, befindet, bin ich hergekommen. Das nächste Mal werde ich auch den Schatz besichtigen.

Anne Effing

Die Suche nach dem Glück

Langsam taucht der Himmel die Innenstadt Münsters in ein blaues Licht. Unterbrochen wird dieses blaue Lichtmeer von den roten Leuchten der polierten, glänzenden Autos, die sich vorsichtig über das holprige Kopfsteinpflaster in Richtung Parkhaus „Alter Steinweg" fortbewegen. Der Blick aus dem Fenster der Stadtbücherei im ersten Stock mit Aussicht auf die Polizeistation am Alten Steinweg fasziniert mich aufgrund der vielen Farben, und ich beginne, die kleinen Menschen, die dort unten laufen, zu beobachten.

Die Passanten eilen in der kalten, winterlichen Luft mit schnellen Schritten ihrem Ziel entgegen. Und es ist buchstäblich ein erhabenes Ziel, das neben den einfachen roten Lichtern der fahrenden Wagen blutrot leuchtend das Licht des schwindenden Tageslichtes bricht: Der Eingangsbereich eines der vielen Tempel des Glücks in der Stadt. TK Maxx. Was genau das heißt, weiß bestimmt kaum einer. Wie ein Tor zu einer anderen Welt, einer warmen Welt, die das Glück in Tüten verspricht. Eine weiße Fahne an einem der vielen Fahrräder vor dem Eingangsbereich bewegt sich im Wind, und während das Blau des Himmels langsam dunkler und grauer wird, strahlen die Neonröhren immer röter, immer lockender. Tütenweise wird das Glück von den herausströmenden Menschen nach Hause getragen, konsumiert, inhaliert, um sich dann schnell wieder zu verflüchtigen, zu schwinden.
Ob es die Belohnung nach dem Arbeitstag ist, die Ablenkung vom Streit mit dem Partner oder das vermeintliche Einlösen des Versprechens der Glückseligkeit, ansehen kann man es den Passanten nicht, wohin sie gehen, woher sie kommen und wie es ihnen geht.
So ist das Gefühl des momentanen Glücks so schnell verflogen wie das Blau des Himmels. Zurück bleibt nur die dunkler werdende Stadt.

Jennifer Veldman

Betrachtungen in der Stadtbücherei

Ich sitze in der ersten Etage, und zwar im Bereich der Psychologie. Über jedem Bücherregal steht ein Schild, auf dem in dicker Schrift „Psychologie" steht. An der Zimmerdecke sind alle fünf Zentimeter faustgroße, runde Lampen. Und neben mir steht ein großes rotes Sofa. Darauf könnte man jetzt eine psychotherapeutische Sitzung abhalten. Vielleicht wartet die Frau mit den schulterlangen roten Haaren, der lila Bluse - passt ja farblich nicht gerade gut zusammen - und der runden Brille auf ihren Psychiater. Eine andere Frau sitzt am Computer. Es sieht aus, als ob sie ein Buch schreibt, denn neben ihr liegen auf dem Tisch stapelweise Zettel. Man hört immer wieder, wie sie die Enter-Taste drückt, offenbar ist sie sehr energisch. Zwischen zwei Bücherregalen steht ein Mann, der seinen Hals reckt, als ob er ganz oben etwas suchen würde. Aber er findet es anscheinend nicht und verschwindet einfach. Ein Mädchen, Mitte 20, mit einer rechteckigen roten Handtasche kommt die Treppe herauf, guckt mich, den stillen Beobachter, irritiert an, geht dann aber sofort wieder weg. Dann hört man einen Mann, der laut wie ein Elefant die Treppe heraufpoltert und dabei eine Stofftasche mit einem Aufdruck von der Stadtbücherei schwenkt. Immer wieder gibt es Geräusche wie Räuspern, Umblättern und knarrende Schritte oder es machen die schicken Frauen mit den knalligen Klackerschuhen Lärm. Von einem Mann mit Brille und Wollmütze hört man ein flirtendes Lachen. Die dazugehörige Frau steht wohl hinter dem Bücherregal. Eine frühere Kindergartenbetreuerin kommt auf mich zu, tippt mir auf die Schulter und sagt leicht verwirrt: „Mach´s gut!" „Du auch", antworte ich nur knapp und dann verlasse ich die Psychologie-Etage in der Stadtbücherei.

Marlene Berghorn

Beobachtungen in der Stadtbücherei

Ich sitze in der Kinderabteilung im Keller der Stadtbücherei und schaue mich um. Als Erstes sehe ich ein kleines Mädchen, vielleicht so um die zweieinhalb Jahre alt, das sich über ein großes Bilderbuch beugt. Sie ruft laut: „Eins, zwei - vier!", doch ihre Mutter erklärt ihr, dass sie die Drei vergessen hat. Neben den beiden sitzt ein Mann, der seinem Sohn aus dem Buch „Der große Bär" vorliest. Ein anderes kleines Mädchen, etwa vier Jahre alt, rennt in seinem grünen Kleid durch den Gang vom hinteren Teil des langen Raumes nach vorne und verschwindet durch den Ausgang. Im gleichen Augenblick kommt ein noch kleineres Mädchen herein. Es hat kurze blonde Haare und scheint gerade erst Laufen gelernt zu haben, denn es ist noch etwas unsicher auf den Beinen und hält sich an der Hand seiner Mutter fest. Die beiden gehen langsam in Richtung der Empore, auf der viele Bilderbücher und Spiele gelagert sind. Das Mädchen lässt die Hand der Mutter los und klettert ächzend auf allen vieren die zwei Treppenstufen aus Holz hoch. Ich winke ihr zu, und sie lächelt mit offenem Mund, sodass ich ihre rosa Zunge sehen kann. Es ist ein kleines, neugieriges Babylächeln.

Als ich mich wieder auf den Raum konzentriere, sehe ich, dass die Decke viele dekorative kleine Löcher und helle, runde Lampen hat. Hinter mir, am Ende des Raums, hängt ein sehr großes Schild, auf dem in riesigen Buchstaben steht: „mehr Wissen". Dabei habe ich den Eindruck, dass viele Kinder hier einfach Spaß haben wollen – denn sie rennen herum und kreischen. Sonst hört man nur das Rascheln umgeblätterter Seiten.

Während ich all das beobachte, sitze ich sehr bequem auf dicken Kissen in einer Kuschelecke. Sie ist aus Holzbrettern gebaut, die einen großen Hundekopf darstellen, mit runden Löchern als Augen und mit einer schwarzen Holzkugel als Nase. Neben mir sitzt ein Mädchen mit Namen Kerstin. Ich bin sehr froh, dass sie auch an diesem Schreibkurs teilnimmt, denn sonst hätte ich sie nie kennengelernt!

Josephine Berghorn

Im Café Colibri

Für eine Besprechung, den Plausch mit der Freundin, aber auch für einen kurzen Treff bietet sich das Café Colibri in der Stadtbücherei an.

Es hat bequeme Ledersessel, Sitzbänke mit hohen Lehnen und quadratische Tische.

Der Fußboden – bestehend aus schwarzem Kopfsteinpflaster – verspricht eine belebende Fußmassage, selbst wenn man mit beschuhten Füßen darauf herumscharrt. Schlagzeugdominierte Musik, auch mal Trance, die den Herzschlag entschleunigt, rieselt aus den Boxen. Noch während man Obstsalate, Quarkdesserts, Schinkenpaninis, Sacher- und Kirschtorten in einer gläsernen Vitrine bestaunt, schwirrt eine kleine Kellnerin wie ein Kolibri herbei und fragt nach den Wünschen. Man nimmt die Atmosphäre gerne bei einer Tasse Kaffee in sich auf: das Kommen und Gehen fast wie in einem Bahnhofsfoyer, die Lesenden im Zeitschriftensaal, die von den Cafégästen nur durch eine Glaswand getrennt in Magazinen blättern. Während man zaghaft den Milchschaum vom heißen Kaffee schlürft, sichtet man jenseits der Glaswand rasierte Häupter, Mao-Bärte, Hornbrillen tragende Weißhaarige, Zeitschriften umblätternd, hinter Feuilletonblättern hervorlugend. Wenn man will, kann man Wortfetzen der Umsitzenden auffangen wie vom Pärchen am Tisch unter der Yuccapalme, deren Gesichter vom flackernden Kerzenlicht des dreiarmigen Leuchters erhellt werden.

„Sonntag hab ich!" „Da musste ich bis zum Ortsende von Wolbeck!"

„Zahlen, bitte!" An einem anderen Tisch kauert ein älteres Semester, der an Spitzwegs Dachstuhlphilosophen erinnert. Während er Zwiebelkuchen kaut, benutzt er einen Laptop, nach Beendigung des Mahls putzt er die Nickelbrille und knotet den Kaschmirschal zweimal fest! Mühsam erhebt er sich, reibt sich Knie- und Hüftknochen und humpelt von dannen. Die Trance-Musik nimmt Fahrt auf, der Herzschlag beschleunigt sich, zwei Frauen mit hennaroten Schöpfen, bestückt mit

Büchertaschen, betreten den Raum. Schließlich ist man ja im Colibri, im Café bei den Büchern.

Renate Rave-Schneider

Lieblingsorte

Zunächst musste man beim Hereinkommen von der Salzstraße an der wunderbaren Kuchentheke vorbei, bei deren Anblick man nicht immer standhaft bleiben konnte. Mit einem Zettelchen in der Hand zog man weiter, vorzugsweise in den hinteren Bereich in eine gemütliche Ecke, in der man sich wohlig in einen bequemen Sessel fallen ließ und die Beine von sich streckte. Und das Kännchen Kakao mit reichlich Sahne bestellte, das natürlich, wie es sein muss, in der silbernen, warm haltenden kleinen Kanne kam - so wunderbar stark und heiß, dass es eine Freude war.

Nach den ersten Schlucken des Getränks konnte man dann beginnen, seine Umgebung aufzunehmen und die verschiedenen Mitgenießer zu registrieren: die „Stammtische", Frühstücks- und Freundeskreise alteingesessener Münsteraner, die regelmäßig hierherkamen und oft ihre Stammplätze hatten, etwa den abgetrennten Teil hinten in der Nähe der Toiletten, die Einzelpersonen, die für eine kleine Unterbrechung des Alltags oder das Warten auf den nächsten Termin keinen besseren Ort hätten finden können als diesen, weil man sich auch als Single nicht fehl am Platze vorkam und sich gerne hinter einer der ausliegenden Tageszeitungen oder einem Magazin

verstecken konnte, die vom Einkaufsbummel Erschöpften mit Tüten und Taschen, die hier wieder auftanken konnten für die nächste Runde; die Besucher Münsters aus anderen Städten, die am Anfang der Fußgängerzone durch einen glücklichen Zufall sofort auf das beste Café in Münster gestoßen waren.
Musik? Nein, kein nervtötendes Gedudel aus Lautsprechern, die unglücklicherweise immer genau über dem gewählten Sitzplatz zu hängen scheinen, nur das leise Gemurmel der Stimmen, das Klirren von Porzellan, das Rascheln der Zeitungsseiten, sonst nichts. Kein Gescharre von Metallstuhlbeinen auf Steinboden, das an Fingernägelkratzen auf der Schultafel erinnert, sondern Teppichboden, Plüsch, Samt und Schnörkel. Kein riesiger freier Raum und lange Tische zum Dazusetzen, sondern Ecken und Nischen und Privatsphäre.
Erinnerungen an Treffen zu Studentenzeiten zum Frühstück, schon damals hatte das Café eine besondere Anziehungskraft, manchmal auch nur schnell hineingehuscht, um die Toilette zu benutzen, Jahre später beim Kaffeetrinken in Ruhe den Säugling gestillt, der auf dem Stadtgang Hunger bekommen hatte - auch da war wohl schon nicht mehr so viel los, hätte man es sonst getan?
Meinen Lieblingsort in Münster gibt es seit dem letzten Jahr nicht mehr; zwar soll er neu erstehen, ganz in der Nähe, aber wird er noch einmal eine ähnliche Faszination entfalten können?

Silke Steenblock

Im Zoo

An einem Wochenende war mir ziemlich langweilig. Da wollte ich plötzlich in den Zoo und unbedingt Tiere sehen. Also bin ich spontan mit meinen Eltern nach Münster in den Zoo gefahren. Gerade gab es dort eine Aktion, wo man bezahlen konnte, was man wollte. Insgesamt haben wir 10 € bezahlt. Das hat sich echt gelohnt! Als wir dann im Zoo drin waren, wollte ich sofort zu den Affen. Die machen immer so lustige Bewegungen, essen Bananen, kratzen sich, und man denkt, so könnten sich auch Menschen verhalten. Unterwegs dahin sind wir an den Tierhäusern der Elefanten und der Giraffen vorbeigekommen. Weil ich neugierig auf die Tiere war, sind wir auch da reingegangen. Drinnen roch es komisch, so nach Tieren. Das war ungewohnt und ich musste mich erst dran gewöhnen. Mich erstaunte, wie lang die Hälse der Giraffen wirklich waren. Im Elefantenhaus konnte man gerade selbst Äpfel und anderes Obst an die Tiere verfüttern. Das war ein eigenartiges Gefühl, weil die Elefanten das Obst ganz vorsichtig mit ihrem Rüssel nahmen. Das hätte ich nicht erwartet, weil Elefanten ja so groß sind, und mir kamen sie bis zu diesem Augenblick ziemlich plump vor. Neben dem Affenhaus sind die Robben. Gerade war Fütterungszeit. Da sind wir dann auch noch mal stehen geblieben, weil wir es toll fanden, wie die Robben einen Ball auf der Schnauze balanciert haben, um einen Fisch zu bekommen. Natürlich haben die auch noch andere Kunststückchen gemacht, zum Beispiel sind sie durch einen Reifen gesprungen. Ich fand es beeindruckend, dass die das konnten. Endlich waren wir bei den Affen angekommen. Im Affenhaus gab es viele Affen, große, kleine, dicke und dünne. An den Innenwänden des Tierhauses hängen Infotafeln mit Bildern und Texten über Affen. Ich las mir ein paar davon durch. Besonders schlimm fand ich, dass in manchen Ländern Affen getötet, gegessen oder verkauft werden. Weil es inzwischen schon spät geworden war, gingen wir zurück zum Ausgang. Dabei bestaunten wir noch viele Tiere, wie zum Beispiel die Pinguine. Das war ein toller Zoo-Tag in Münster, den ich bestimmt nicht so schnell vergessen werde.

Anna Sophia Topp

KLIKO

07 Mit Rad, Bus und Bahn in Münster unterwegs

Das Fahrrad

Westfale Klett in Münster wohnt
und gern auf seinem Fahrrad thront,
das Leeze heißt, womit er fährt,
nicht selten auch total verkehrt
auf Friedhof, Fußweg kreuz und quer
und im dicksten Stadtverkehr
mit seinem Ross, das Gras nicht frisst
und umweltfreundlich sauber ist.

Im Münsterland, so flach wie ´n Brett,
fährt fröhlich der Westfale Klett
mit dem Fahrrad hin und her
und dann kreuz und auch mal quer,
weil seine Leeze ihn entzückt
und das Radlerherz beglückt,
indes er damit stets vergnügt
durch die Landschaft, die er liebt,
fährt, und das ist genial.
Na dann „Hallo!“ bis nächstes Mal.

Marion Gitzel

Ein kurzer Besuch in Münster

Mein Opa und ich kommen um 4.58 Uhr mit dem IC am Bahnhof an. Wir sind von zu Hause in Mesum losgefahren und wollen uns einen schönen Tag in Hamburg machen. Auf dem Münsteraner Bahnhof, unsrer Zwischenstation, ist um diese Zeit noch alles ziemlich still. Nur ein paar Läden haben schon geöffnet. Ein Café, ein Bäcker und ein Zeitschriftenhändler. Wir kaufen uns eine Zeitung und gehen dann in das Café. Ein junger, netter Kellner kommt und fragt uns, was wir trinken möchten. Ich nehme eine Cola und mein Opa einen Kaffee. Nach kurzer Zeit bringt der Kellner uns die Getränke. Der Kaffee von Opa duftet herrlich. Mögen würde ich ihn trotzdem nicht. Als wir alles ausgetrunken haben, sage ich: „Es hat super geschmeckt." Opa meint das auch, denn am frühen Morgen eine Tasse Kaffee findet er toll. Und \`ne Cola um 4.58 Uhr trinken, macht man ja auch nicht jeden Tag. Wir bezahlen und gehen raus. Es ist jetzt voll auf dem Münsteraner Bahnhof. Viele Menschen mit dicker Jacke und flauschigen Mützen laufen herum. Wir gehen raus und da steht auch schon unser Zug. Wir steigen ein und fahren nach Hamburg. In Hamburg wollen wir zu der großen Kirmes „Dom"´ neben dem Michel gehen.

Fynn Nitschke

Glückstag

Sehr früh am noch frostig kalten Samstagmorgen standen sie an der Bushaltestelle, um zum Bahnhof zu fahren. Außer ihnen wartete nur noch eine kleine dunkelhaarige Frau.
„Tanzfreiheit“, dachte sie und musste lächeln; insgeheim, seit der langen Debatte im vorletzten Jahr um die Umbenennung des Hindenburgplatzes in Schlossplatz hatte sie begonnen, sich auch über andere Straßennamen Gedanken zu machen, die man seit Jahrzehnten kannte, und hatte die Danziger Freiheit für sich bereits umgetauft.
Es dauerte, bis der Bus aus Handorf kam, und sie und ihr Mann wunderten sich, aber dann fuhren beide Linien beinahe zeitgleich vor.
Sie zog ihre Mehrfahrtenkarte aus der Tasche, als die dunkelhaarige Frau auf sie zutrat und sagte: „Die brauchen Sie nicht. Ich kann bis zu fünf Personen auf meinem Fahrschein mitnehmen!“
Sie warf einen schnellen Blick darauf, eine Personalfahrkarte eines ihr unbekannten Unternehmens. Freudig überrascht bedankten sie sich und stiegen gemeinsam ein.
Die Frau setzte sich vorne auf einen Einzelplatz in der Nähe des Fahrers. Der Bus war nur wenig gefüllt und fuhr zügig die Warendorfer Straße entlang in den Morgen.
„Das wird ein schöner Tag“, flüsterte sie ihrem Mann zu und drückte seinen Arm, „wenn er schon so anfängt.“
Ob die Frau wohl von der Arbeit kam? Woher sie wohl stammte? Ihr Akzent verriet, dass Deutsch nicht ihre erste

Sprache war.
Man könnte ja einfach mal fragen, dachte sie, aber da kam der Hauptbahnhof auch schon in Sicht. So winkten sie nur noch einmal ein Dankeschön und liefen dann zum Zug.
Tatsächlich ging der Tag so gut weiter, wie er begonnen hatte; der Zug nach Hamburg war pünktlich,
das Treffen mit den Freunden in der Stadt wunderschön, das Wetter beständig und die Rückfahrt nach Münster durchgehend entspannt.
„Schau mal", sagte ihr Mann, als Münsters Bahnhof in Sicht kam, und hielt ihr die Bahnfahrkarte hin, „von Hamburg + City nach Münster + City! Da haben wir doch sogar die Busfahrt nach Hause noch in der Fahrkarte mit drin!"

Silke Steenblock

Ausflug mit Hindernissen

Wir wollen verreisen, zu Freunden fahren. Mit dem Auto wäre das in einer Stunde zu schaffen, aber wir haben keins mehr. Also heißt es Zug oder Bus fahren, in diesem Falle beides – nacheinander. Ist ja nicht weiter so schlimm, wir wohnen schließlich nicht auf dem Dorfe irgendwo am Ende der Welt.
Wir haben die Reise dieses Jahr schon zigmal aufgeschoben. Zuerst waren mein Mann und ich mit einer schweren Bronchitis krank, dann wurde die Freundin krank, dann ihr Mann und dann ließ besseres Wetter auf sich warten. Wieder scho-

ben wir auf, schließlich ist es schön, wenn man sich in einem Kurort auch mal auf eine Bank setzen kann. Heute nun ist es so weit.
Wir stehen auf, bereiten uns mit allem, was nötig ist, auf den Samstagstrip vor. Inzwischen hatte die Freundin Geburtstag und beide Goldhochzeit. Gründe genug, auch ein nettes Geschenk mitzunehmen. Es liegt bereit, sollte nur nicht vergessen werden.
Plötzlich ein Anruf. Die Freundin ist dran. „Bei euch in Münster ist Bombenalarm!", sagt sie. „Eben kam es in den Nachrichten. Euer Bahnhof ist schon abgesperrt!" Gut, dass sie angerufen hat, die Liebe. Wir können an dem Bombenfund zwar nichts ändern, aber wir können uns schon mal darauf einstellen, dass unsere Reise ganz ausfallen oder mit erheblichen Einschränkungen verbunden sein könnte.
Also steigen wir in den Bus, der uns zum Bahnhof bringen soll, was er auch problemlos tut. Der Fahrer reagiert introvertiert, besser gesagt: Er äußert sich überhaupt nicht, obwohl er ja weiß, was dort jetzt los ist. Einige Fahrgäste haben die Meldung auch schon gehört, manche interessiert es weniger, weil sie schon vorher aussteigen. Doch es macht sich eine allgemeine Unruhe breit.
Bahnhöfe waren im Krieg strategisch wichtige Ziele, wurden vor allem in Städten immer schwer bombardiert. So eine Bombe soll nun entschärft werden. Fünfhundert Kilo ist sie schwer, und sie ist – Zeitungsmeldungen folgend – als Ballast abgeworfen worden, weil sie eigentlich als Seemine gedacht war. So wird von Experten mitgeteilt. Wäre diese Bombe

hochgegangen, hätte es diesen Bahnhof wohl einmal gegeben und die Menschen darin auch. Ein Glück, dass alles gut gegangen ist.
Wir steigen aus und um, wie uns unterwegs geraten, sprechen mit Menschen, mit denen wir ohne das aufregende Ereignis wohl nicht gesprochen hätten. Natürlich bleibt alles unübersichtlich. Doch wir kommen mit einer halben Stunde Verspätung, das letzte Stück als Sahnehäubchen in einem ICE fahrend, gut bei unseren Freunden an. Das Wetter ist prächtig bis auf einen Schauer. Es gibt viel zu erzählen und zu essen auch.
Rückreisend keine Spur mehr von dem was, geschah. Nur die Presse wird noch zu berichten haben.

Marion Gitzel

Die Busse!

Halb dunkel im Straßenverkehr.
Menschen eilen dem Bus hinterher.
Aus der Masse die Stimme:
„Hallo, Heinz, wie geht´s, lang nicht gesehen."
„Morgen, Claus, der Bus,
ich muss.
Heute Abend können wir uns sehen,
werde an der Haltestelle stehen."
„Gut, dann können wir ins Jovel gehen.

Nehmen dann die Busse,
die letzten, die gegen zehn.
Freue mich aufs Wiedersehen!
Tschüss."

Elisabeth Schlichte

08 Münster ganz persönlich erlebt

Lebensmittelpunkt

I
c
h h
a
b
e i
n M
ü
n
s
t
e
r

- **M**eine große Liebe getroffen
- **Ü**berwiegend gelebt, geliebt, gelitten
- **N**ette Leute kennengelernt
- **S**elten etwas vermisst
- **T**olle Freundschaften geschlossen
- **E**rholung und Entspannung gefunden
- **R**ichtig Spaß am Radfahren bekommen

Christa Borowski-Schmitt

Königskinder von der Königspassage

Mit dem Stadtplan in der Hand ging ich fröhlich und unbeschwert durch die Straßen „meiner“ Stadt, meines geliebten Münsters. Vor 34 Jahren lebte ich schon einmal in dieser Stadt. Heute bin ich zurückgekehrt. Ich befand mich in der Königspassage, ohne es noch zu wissen. Ich schaute mir die Fassaden an und die hübsche Blumenpracht in dem Blumenladen. Und da standest du! Unsere Blicke streiften sich. Ich dachte spontan: Du wartest sicherlich auf deine Ehefrau. Ich ging weiter, schaute auf meinen Stadtplan. Du folgtest mir und fragtest mich: „Sie sehen so suchend aus, kann ich Ihnen helfen?“ „Nein danke, ich bin neu in dieser Stadt und orientiere mich gerade.“ „Na, da kann ich Ihnen viele Tipps geben, ich kenne mich hier aus und lebe schon 36 Jahre in der schönen Stadt Münster.“ Und wenige Minuten später saßen wir bei einer Tasse Kaffee in ein nettes Gespräch vertieft. Eigentlich wollte ich meinen Weg alleine weitergehen, aber dann zeigtest du mir bald alle Schönheiten dieser Stadt und weit darüber hinaus. Du fuhrst mich zu den Burgen und Schlössern, gabst mir Fahrstunden quer durch die Stadt, damit ich mich ganz rasch heimisch und sicher fühlen konnte. Und ich ließ mich darauf ein, immer mehr. Du brachtest mich abends nach Hause und holtest mich immer häufiger ab und beide fühlten wir immer stärker füreinander. War es ein Zufall an jenem 7. Tag, am 07.07.1997, auf der Königspassage? Nein, du wurdest mir auf den Weg gestellt und ich habe mich von dir an die Hand nehmen lassen. Heute genießen wir gemeinsam

„meine"/unsere Stadt Münster! Wir sind die Königskinder von der Königspassage, wir gehören zusammen. Und du machtest mir inzwischen einen Verlobungsantrag. Für wann? Für den 07.01.2000! Ja, der 7. Tag eines jeden Monats ist unser Tag und ich nehme deinen Antrag an! Daraus sind nun fast 17 Jahre geworden! Dank an Münster, danke, dass es die Königspassage gibt, danke, dass es dich gibt.

Ich liebe Dich.
Deine Monika

Monika Boxberger

Die Suche nach der Liebe

Etwas unsicher stehe ich vor der St.-Ludgeri-Kirche und sehe mich um. Zu meiner Linken sind Wege, die an umzäunten Grünflächen vorbeiführen. Ich sehe kleine lila Blumen, Efeu und einen Baum, der prächtig in die Höhe ragt und Schatten spendet mit seiner riesigen Baumkrone.
Ich seufze und blicke auf mein Handy. „Ich bin ganz in der Nähe", steht auf dem Bildschirm. Ein Grinsen legt sich auf meine Lippen, und ich kann es mir nicht verkneifen, die Augen zu verdrehen, auch wenn ich weiß, dass er dies nicht sehen kann. Die Nachricht ist eine Aufforderung, ihn zu suchen. Das weiß ich genau.
Also lasse ich meinen Blick über die Umgebung schweifen,

auf der Suche nach ihm.
Mein Blick gleitet über den Platz vor der Kirche, doch dieser ist vollkommen leer, nur zwei Autos parken hier. Hier wird er sich wohl nicht verstecken, das ist zu leicht. Er will es mir bestimmt nicht zu leicht machen.
Auch auf der gegenüberliegenden Straßenseite sehe ich ihn nicht und um den Baum herum steht er auch nirgendwo. Mir fällt die Skulptur etwas weiter weg in den Blick. Auch wenn ich ihn noch nicht sehe, weiß ich, dass er da ist. Jedenfalls würde es perfekt passen. Immerhin weiß er, dass mir dieses Kunstwerk gefällt. Warum das so ist, kann ich gar nicht richtig beschreiben, und dafür hat er mich des Öfteren auch schon ausgelacht. Oft fragt er mich wieder danach und hofft, dass mir keine andere Erklärung eingefallen ist. Aber mir gefallen diese Hände einfach. Sie ziehen meinen Blick auf sich, mal kürzer, mal länger, bis mich die Gegenstände, die sie halten, verwirren.
Da! An einem der Stahlständer, die die Skulptur stützen, lehnt jemand, er ist nur gerade so zu erkennen, doch ich bin mir todsicher, dass er es ist. In diesem Moment piept mein Handy und ich sehe automatisch darauf. Seine Nachrichten sind noch geöffnet und ich sehe eine neue SMS. „Das ging schnell. Glückwunsch. Aber jetzt wird es etwas schwerer. Wenn du dich beeilst, findest du mich, bevor ich woanders bin." Ich starre auf den Bildschirm und wünsche mir, dass er den bösen Blick auf seinem Handy auch sehen kann.
Eigentlich brauche ich gar nicht hinzusehen, denn ich weiß, dass er nicht mehr dort ist. Trotzdem laufe ich schnell dorthin,

wo er gestanden hat.
Auf dem Boden liegt eine kleine lila Schachtel, und ich weiß, dass sie für mich ist, allein aus dem Grund, dass sie meine Lieblingsfarbe hat. Ich hebe sie auf und öffne sie vorsichtig. Darin liegt ein kleines Papierbüchlein, das ca. drei Zentimeter hoch und etwa eineinhalb Zentimeter breit ist, und außerdem eine kleine Schokokugel. Die kleine Schokolade nehme ich in die Hand und schiebe sie in meinen Mund. Ich seufzte und setze dann lächelnd meinen Weg fort, auf der Suche nach einem Jungen, der mich immer wieder auf die Probe stellt.
Mein Ziel war eindeutig. Deutlicher hätte er es mir gar nicht zeigen können. Jetzt darf ich den ganzen Weg wieder zurücklaufen, denn von dort komme ich gerade erst. Wie immer habe ich mein Fahrrad an der Bücherei abgestellt und dort führt auch mein Weg hin.
Nach etwa fünf Minuten habe ich es bis zu dem großen Gebäude geschafft. Ich liebe die Bücherei und gehe, wenn möglich, mindestens einmal in der Woche hierhin.
Schnell bin ich die Stufen hinaufgehüpft und durch die zwei Glastüren in der Bücherei verschwunden. Aus meiner Tasche zauber ich ein Eineurostück und hole mir ein Schließfach, um darin meine Jacke und meine Tasche einzuschießen.
„Wo muss ich jetzt hin?“, frage ich mich innerlich und gehe langsam an der Infostelle am Eingang vorbei. Ich sehe mich um und halte nach irgendwas Ausschau, das mir sofort ins Auge springt, aber anderen nicht auffallen würde. Darum ging es ihm oft. Etwas unauffällig Auffälliges nannte er solche Dinge immer.

Erschrocken zucke ich zusammen, als mein SMS-Ton die Stille zerreißt. Ich sehe mich verstohlen um, doch es scheint so, als wäre nur mir das Geräusch so laut vorgekommen. Langsam hole ich das Gerät aus meiner Tasche und blicke darauf. Indem ich über den Bildschirm streiche, entsperre ich es und rufe dann seine Nachrichten auf. In der gerade empfangenen steht: „Frag doch einfach mal, ob etwas für dich abgegeben wurde, nur Mut."

Nur Mut? Der hat gut reden, im Gegensatz zu mir hat er keine Hemmungen, andere anzusprechen. Aber ich? Ich bin schüchtern und rede nur ungern mit Fremden, doch bevor ich lang darüber nachdenke, gehe ich hinüber zu der Frau hinter der Information.

Gerade habe ich mir die Worte zurechtgelegt, als sie lächelt und eine kleine Schachtel hervorholt.

„Die wurde für dich abgegeben." Ich blicke auf das Kästchen, das genauso aussieht wie das vorherige, das er mir hinterlassen hat. „Danke", sag ich zu der Büchereiangestellten. „Gern doch", gibt sie freundlich zurück. „Willst du deinem hübschen Freund nicht das Foto von dir zurückgeben, das er mir gegeben hat, damit ich dich erkennen kann?" Sie reicht mir ein Foto, das ich entgegennehme, und dann verschwinde ich schnell.

Etwas weiter entfernt, hinter den Regalen, in denen die Bücher stehen, die man kaufen kann, ziehe ich den Deckel von der Schachtel. Wieder kullert darin eine Kugel Schokolade herum und ein Zettel. Vorsichtig falte ich ihn auf. „Zurück zum Fahrrad. Danke für die Zeit." Verwundert blicke ich auf die in wunderschöner Schrift geschriebenen Wörter. Ich zucke mit den Schultern, gehe zu dem Schließfach und hole meine Sachen hervor. Die Schachtel lege ich zu der ersten in meine Tasche und sehe mir das Foto an. Mein goldblondes Haar schimmert in der Sonne leicht rot, meine blaugrünen Augen strahlen in die Kamera, und ich lächle dem Jungen hinter der Kamera zu, der mich jetzt durch die ganze Stadt führt.

Ich laufe zu meinem Fahrrad hinüber und werfe noch einen Blick auf die Bücherei. Ein interessantes Gebäude, mit einer unbeschreiblichen Form. Etwas Einzigartiges.

An meinem Fahrrad angekommen, sehe ich die dritte lila Schachtel. Ein Piepen bestätigt mir, dass ich eine neue SMS bekommen habe, die mit großer Wahrscheinlichkeit von ihm ist. „Mach die Schachtel auf und denke über die Schokolade nach, die du insgesamt bekommen hast. Woran erinnert dich das? Enttäusch mich nicht. Du hast es fast geschafft."

Langsam fängt es an zu nerven. So lang musste ich noch nie seine Spielchen ertragen. Was soll mir die Schokolade denn schon sagen? Ich öffne das dritte Kästchen sehr viel unvorsichtiger als die anderen und so fällt die Schokokugel fast heraus. Eine weitere Kugel. Was sollte das schon sein? Ich nehme sie zwischen die Finger und betrachte sie skeptisch. Und dann wird es mir klar. Alle Kugeln. Es waren drei. Die Aaseekugeln.

Schnell schließe ich mein Fahrrad auf und fahre los. Schnell bin ich auf der Promenade und muss sie ein Stück entlangfahren. Irgendwann biege ich nach links ab und sehe den Aasee schon sowie die Kugeln.

Ich springe ab und sehe zu den Kugeln, dort steht ein Junge. Er sieht zu mir herüber. Das ist er. Schnell schließe ich mein Fahrrad ab, doch als ich wieder aufsehe, ist er weg. Ich renne zu den Aaseekugeln hinüber, und wirklich, er ist nicht mehr da.

Erleichtert atme ich aus, als mein Handy klingelt. Ich hole es hervor und nehme ab. „Fast hättest du es geschafft", höre ich seine sanfte Stimme, in der deutlich Freude mitschwingt. „Ich mache es dir leicht. Komm zum Schloss, dann hast du es geschafft. Kopf hoch. Denk an das, was du mit den Kugeln verbindest." Dann hat er aufgelegt.

Er weiß, wie er mich zum Lächeln bringen kann. Hier haben wir uns das erste Mal getroffen. Ich hatte ihn gesehen und konnte meinen Blick nicht von ihm wenden. Zuerst hatte er mir keine Aufmerksamkeit gewidmet, doch als ich ihn dann ein paar Minuten nicht beachtete, war er aufmerksam geworden. Langsam hatten wir uns kennengelernt, bis wir uns jetzt so weit vertrauen, dass ich mich von ihm durch Münster leiten lasse, nur um ihn endlich wiederzusehen.

Ich lasse mir ein wenig Zeit, um zum Fahrrad zu kommen, und fahre los zum Schloss und endlich auch zu ihm.

Schnell fahre ich über die Promenade, am Schwimmbad vorbei und weiter in Richtung Schloss. Die Bäume, die die Fahrradstraße säumen, strahlen in einem wunderschönen Grün und spenden angenehmen Schatten.

Umso näher ich meinem Ziel komme, umso nervöser werde ich. Es ist, als würde ich voller Erwartungen zu einem ersten Date fahren. Mein Herz rast, und meine Finger, die sich fest

um den Lenker schließen, zittern. Ungeduldig stehe ich an der Ampel und rase das letzte Stück in halsbrecherischer Geschwindigkeit.
Etwas vor dem Schloss stelle ich mein Fahrrad ab und laufe los. Immer schneller werde ich und halte nach ihm Ausschau. Da. Mein Herz macht einen übermütigen Sprung und ich renne los.
Ungestüm falle ich ihm um den Hals und mein Ärger ist schon längst vergessen. Er lächelt und zaubert eine rote Rose hervor. Meine Wangen brennen, „Oh Mann, dafür, dass du dir so verrückte Sachen ausdenkst, bist du aber ganz schön altmodisch." Er lacht. „Um ein so besonderes Mädchen zu beeindrucken, wie dich, da braucht es nur eine Kleinigkeit. Die Kunst ist es, sie zu halten und nie wieder zu verlieren." Seine Lippen legen sich auf meine und mir wird ganz warm. Alles kribbelt und ich fühle mich unbeschreiblich gut. Jetzt habe ich nur einen Wunsch: Er soll nie wieder verschwinden. Und wenn doch, werde ich ihn so lange suchen, bis ich ihn wiederfinde, auch wenn es dann nicht nur in meinem geliebten Münster ist.

Hanna Bowinkelmann

Münster. Mittendrin

Münster gibt es nicht.
Ich bin ein Kind. Ich bin zehn Jahre alt und lebe in einem kleinen Dorf im Norden Schleswig-Holsteins. Im örtlichen Sportverein spiele ich Handball. Mit meinen Freunden baue ich Höhlen und angle Fische mit selbst gebauten Angelrouten im kleinen Fluss, der unser Grundstück begrenzt. Regenbogenforellen und Aale. Fisch mag ich bis heute nicht sonderlich gerne, aber darum ging es damals ohnehin nicht. Im Sommer springen wir gleich an Ort und Stelle ins Wasser.
Münster kenne ich nicht. Wieso auch.
Ich bin ein Teenie. Seit ein paar Jahren wohne ich in Münster. Die Schule nervt, aber sie läuft ganz gut nebenher. „Go easy, go Rats“, sagt man hier. Wichtig sind andere Dinge. Es ist die Zeit, in der die Computerspiele bei mir ankommen. Bei mir steht jetzt der Commodore Amiga 500. Eine Rakete. Daneben thront eine ganze Kiste voll Disketten. Hauptsächlich Spiele. Die absoluten Favoriten von meinem besten Freund und mir sind „Lotus 3“ und natürlich „Kick-Off 2“. Das Spiel muss man am Wochenende einfach nächtelang spielen. Chips und ab und zu auch mal Cola dazu und dann wird gespielt, bis die Joysticks glühen und die Handgelenke schmerzen. Es ist aber auch die Titus-Zeit. Hinter dem Bahnhof ist sein Laden. Die neuen Skate-Shirts sind teuer. Aber cool. Ein Muss. Natürlich haben wir auch ein Skateboard. Meins ist von dem Münsteraner Ralf Middendorf. Im Fernsehen läuft „Ein Trio mit vier Fäusten“, „Knight Rider“ und“ Airwolf.“

Münster. Ich bin dabei.
Sechzehn Jahre bin ich alt. Die Interessen ändern sich. Die Cliquen sind relativ klar abgegrenzt. Musik ist wichtig. Die ersten Konzerte sind unglaublich. Diese Atmosphäre in der Halle. Stickig sind sie zum Teil und klein. Die Menge grölt und ruft. Wir singen gemeinsam. Dann geht das Licht aus. Die ersten Töne der Band. Es kribbelt im Bauch, dann geht es los. Laut, wuchtig. Es wird geschoben, getanzt, gedrückt. Heiß, laut, eng, schmerzhaft, elektrisierend. Wahnsinn. Münsterbands wie „H-Blockx" oder „El Bosso und die Ping Pongs" sind Pflicht. Wenn kein Konzert ist, gehen wir ins Odeon, Triptychon oder ins Depot. Manchmal auch zu Partys im Thomas-Morus-Jugendheim oder im K.O.T. Vorher ist Vorglühen angesagt. Wir treffen uns meist in meinem Zimmer. Sit-in heißt das. Meine Mutter und mein Vizepapa machen das glücklicherweise mit. Dann geht's los.
Fahrradfahren geht immer. Sagen wir in Münster.
Ich bin 18. Führerschein und ein eigenes Auto. Welch ein Glück! Was für eine Freiheit! Die Kreise werden größer. Konzerte in Bochum, Essen, Osnabrück. In die Disco nach Dortmund. Warum hat Münster keinen Burger King? Egal. Dann fahren wir halt nach Bielefeld. Und für ein Frühstück oder ein Fußballspiel des kleinen Clubs nach Hamburg.
Münster. Zu klein.
Von einigen Erwachsenen werde ich „Twen" genannt. Die Schule ist irgendwann vorbei. Nach dem Zivildienst geht es an die Uni. Nach kleinen Irrungen und Wirrungen studiere ich in Münster. Die Partys werden anders und im Laufe der

Zeit weniger. Videoabende sind plötzlich schleichend attraktiv geworden. Viele Freunde ziehen in andere Städte. Ich lerne neue Leute kennen. Kommilitonen. Jetzt gehe ich nicht mehr in die Klasse, sondern in den Hörsaal. Irgendwie ist es das Gleiche, nur mit mehr Selbstbestimmung. Ich mache mir Gedanken über meine Zukunft. Die Zukunft ist gar nicht mehr so weit weg, wie es immer schien.
Münster. Mittendrin.
Dann ist auch die Uni geschafft. Der erst Job steht an. Ich arbeite am Niederrhein, im Ruhrpott und im südlichen Niedersachsen. Der nächste Job. Er zieht mich nach Süddeutschland. Dorthin, wo man komisch redet. Dorthin, wo die Leute sagen, ich komme aus Norddeutschland. Nicht erst, wenn ich sage, dass ich in Kiel geboren wurde.
Münster. Weit entfernt.
Außenstehende sagen wohl, dass ich mit knapp vierzig Jahren, verheiratet, zwei Kinder und einem Reihenhaus in Münster (andere sagen in einem Vorort) voll im Leben stehe. Ich sitze nicht mehr im Hörsaal. Ich finde mich im Kindergarten wieder und höre mich über KiTa-Feste und Wasserspender reden. Auch hier lerne ich etwas. Meine Zukunft ist heute. Ich bin gespannt, ob es Münster in der Zukunft meiner Kinder geben wird.
Münster. Teil von mir.
Fahrradfahren geht immer. Sagen wir in Münster.

Maik Frahm

Münstererinnerungen

Typischer Nachmittagsverkehr auf dem Weg in die Innenstadt. Schon bei der Eishalle hätte ich abfahren sollen, um den Strom in Münsters Inneres zu umfahren. De Fahrradfahrer sind da klar im Vorteil, denke ich bei mir und seufze etwas neidisch, als eine ganze Horde auf ihrer „Leeze" lachend und sich munter unterhaltend an der Autokolonne vorbeifährt.
Erinnerung: Es ist Sommer und ich fahre mit meiner Freundin vom Seminar an der Philippistraße Richtung Aasee. Die Aussicht auf einen lauen Sommerabend am Aasee lässt uns die Autos auf den verstopften Straßen gar nicht bemerken, als wir an ihnen vorbeiradeln.
Die Ampel springt auf Grün: Es geht weiter für mich. Am Schlossplatz angekommen, finde! ich dort schnell ein Plätzchen, steige aus dem Wagen aus und blicke Richtung Schloss.
Erinnerung: 20.08.2002: Mit meiner Mappe voller Unterlagen mache ich mich etwas nervös auf in Richtung Schloss, um mich dort zu immatrikulieren. „Soll ich nicht mitkommen?", fragt meine Mutter noch. „Nein", antworte ich, „es gibt Dinge, die man allein tun muss."
Jetzt aber schnell, meine Verabredung ist bestimmt schon da und bis zur Stadtbibliothek ist es noch ein gutes Stück zu laufen. Ich überquere schnell die Kreuzung und laufe durch die Frauenstraße.
Erinnerung: Auf der Suche nach einem geeigneten Abstellplatz für mein Fahrrad schaue ich mich um. Da, gegenüber der KSHG bietet sich eine gute Gelegenheit. Das dachten sich

wohl auch meine Kommilitonen, die ich im gleichen Moment entdecke. Es ist das letzte Treffen unseres Seminars, bevor wir zu einem Outdoor-Block nach Ghana starten. Als wir die Tür öffnen, hören wir leise afrikanische Musik aus dem „Milagro“, die uns anscheinend leise einstimmen will.
Meine Absatzschuhe klackern über das Kopfsteinpflaster auf dem Domplatz und mehrere Male knicke ich um. Ich schmunzele über mich selbst.
Erinnerung: Eine „feine Dame“ flaniert über den Domplatz oder versucht es zumindest. Innerlich schüttele ich den Kopf über so viel modischen Ehrgeiz und gebe ihr in meinen Gedanken den guten Tipp, es das nächste Mal ohne Stöckel zu versuchen.
Ich blicke in den Himmel und bewundere das Farbspiel zwischen dem Blau des Himmels und dem Türkis der Domdächer. Eigentlich sind es nur zwei Farben, denke ich, aber sie sind für mich besonders, irgendwie harmonisch.
Erinnerung: Ich bin noch neu in Münster. Der Frost beißt sich in meine Wangen, als ich mich auf den Weg Richtung Dom mache, und so versinke ich noch etwas tiefer in meine Jacke. Meine Augen verfolgen einzelne Blätter, die der Herbststurm auf dem Domplatz in der Luft umherwirbeln lässt. Auch die Vögel lassen sich von diesem wilden Tanz anstecken und fegen über den Himmel. Fasziniert blicke ich ihnen nach, wie sie am eisblauen Himmel um die Domspitzen schweben. Mein erster, ganz eigener Bick auf Münster.
Auf dem Prinzipalmarkt herrscht beruhigend vertraut geschäftiges Treiben. Viele, die die fast schon obligatorische

„Poertgen"-Tasche tragen. „Ah, da muss ich nachher auch noch unbedingt schnell rein", nehme ich mir vor.
Erinnerung: Bepackt mit Rucksack und einer schweren Tüte voller Bücher, schlendere ich Richtung Bus. Die Abendsonne taucht den Prinzipalmarkt in ein warmes Orange. Die Wärme des Tages steigt buchstäblich aus dem Kopfsteinpflaster empor. Ich atme ihren Duft tief ein. Straßenmusiker stimmen einen Tango an. Ja, das ist der Sommer in Münster.
Leicht verspätet tauche ich an der Stadtbibliothek auf und winke meiner Verabredung zu, die mir entgegenlacht. „Entschuldige, ich bin ein bisschen spät. Ich habe am Schloss geparkt." „Ah, dann hast du also noch einen Spaziergang durch Münster gemacht?! Komm, wir setzen uns in die Sonne." Während ich folge, denke ich: „Nein! Ich habe nicht irgendeinen Spaziergang durch irgendein Münster gemacht. Es war mein Spaziergang durch mein Münster."

Eva-Maria Schlitt

Die größte Kleinstadt Deutschlands

Vor mehr als drei Jahrzehnten bin ich aus meinem Heimatort Friesoythe zum Studium nach Münster gekommen. Seitdem wohne ich in Münster. Und zwar gerne. Ich kann mir kaum eine Stadt vorstellen, in der ich lieber leben würde. Längst fühle ich mich als fast echter Münsteraner.
Deshalb nehme ich mir heraus, die hübschen Superlative, mit

denen sich „meine" Stadt so gerne präsentiert, ganz und gar unspektakulär zu ergänzen. Für mich ist Münster nämlich die größte Kleinstadt Deutschlands

Münster ist flach und grün. Hier gibt es keine Hochhäuser, wenn man das „Iduna-Hochhaus" einmal ausnimmt, aber dafür jede Menge Grünanlagen. Allen voran die Promenade, die als Fahrrad-Highway, als Joggingrunde oder für den sonntäglichen Spaziergang genutzt wird. Am liebsten genießt man die Natur am Aasee mit seinem parkähnlichen Uferstreifen. Übrigens ist er künstlich angelegt.

Münster ist übersichtlich. Man kann sich hier ziemlich schnell zurechtfinden. Ein Blick auf den Stadtplan und es ist gleich klar, wie organisch die Stadt aufgebaut ist. Im Zentrum die Altstadt mit dem Prinzipalmarkt, die großen Straßen gehen sternförmig davon ab.

Münster ist auffällig gepflegt und sauber. Jedenfalls wenn man einen Vergleich mit ähnlich großen Städten wie Bielefeld, Mannheim oder Gelsenkirchen anstellt. Auf den Straßen liegt kein Müll, Graffiti hält sich in Grenzen, viele Gebäude sind herausgeputzt.

Münster macht das städtische Leben menschengerecht, ich könnte auch einfach sagen: bequem. In dieser Hinsicht fühle ich mich in Münster sehr wohl.

Wenn der Münsteraner allerdings hartnäckig behauptet, in einer Großstadt zu leben, dann wirkt das schon ein bisschen lächerlich. So wie die Sightseeing-Busse, die manchmal in Münster zu bestaunen sind. Rote Doppeldecker, die in großen goldenen Lettern wie in der Weltstadt London für ihre

Fahrgäste die Möglichkeit zum „Hop on – Hop off" anpreisen. Das Provinzielle macht sich ja oft gerade da bemerkbar, wo es offensichtlich vertuscht werden soll.

Wir, die Münsteraner, echt und fast echt, wollen, dass es uns gut geht in unserer Stadt, und am besten auch, dass die anderen unsere Stadt gut finden. So zeigen wir Münsteraner gern, wie reich und schick wir sind. Wir sind stolz auf unsere noblen Arkaden und zelebrieren an jedem Wochenende das Einkaufen auf unserem Wochenmarkt am Dom. Bei uns wird der beliebteste „Tatort" gedreht. Wir sind Filmstadt.

Die Bequemlichkeit und der Reichtum dieser Stadt machen seine Bewohner jedoch überheblich. Sie leben natürlich in der „fahrradfreundlichsten Stadt Deutschlands", in der „leisesten Großstadt Deutschlands" oder gar in der „lebenswertesten Stadt der Welt" und glauben deshalb gleich, dass sie selber ganz großartig sind. Der Aasee soll natürlich der „schönste Park Europas" sein. Und doch wissen alle, was Münster auch ist: eine treffliche Kombination aus Reichtum und Mittelmäßigkeit.

Ich lebe gern in dieser reichen und mittelmäßigen Stadt: Sie kommt meinem Bedürfnis, schön und bequem zu leben, so bereitwillig entgegen. Sie ist so beschaulich und praktisch. Münster ist eben vor allem angenehm. Also neigt der Münsteraner dazu, sich selbst zu überschätzen und spießig zu sein. Münster könnte einfach das sein, was es ist, wenn es nicht das sein wollte, was es nicht ist: „Eurocity". Münster ist nämlich in Wirklichkeit die größte Kleinstadt Deutschlands.

Matthias Haselier-Bartlett

Ein Licht und zwei Freunde

Es geschah an einem Abend im Juni 2012. Ich war zum ersten Mal und erst seit einigen Stunden hier in Münster, um mit meiner Arbeit an der WWU zu beginnen. Ich war hier, um zu unterrichten. Zu meiner Überraschung habe ich in einem speziellen Sinn erst einmal Unterricht bekommen.
Eine dunkle Straße neben dem Schloss, eine Ampel - Rot für Fußgänger - und zwei junge Studenten warten auf das Grün, das Signal der Freiheit. Während ich in ihre Richtung gehe, beobachte ich interessiert die jungen Männer. Sie warten, still und geduldig.
Egal, dass die Straße ziemlich schmal ist, ganz gleich, dass keine Autos kommen, unwichtig, dass der Pub auf der anderen Straßenseite gerade schließt, sie warten. Wo ich herkomme, würden die meisten Menschen das Auge des Gesetzes

ignoriert haben, und ich auch, und die Straße bei Rot überquert haben. Ich erreiche sie. Ich warte wie sie.
Ich fühlte mich ein wenig klüger, als die Freiheit kam.

Francesco Catania

Ein Kinobesuch mit Hindernissen!

Nicht schon wieder! Ich stehe schon mindestens eine Stunde im Stau. Langsam habe ich die Nase voll.
Neben mir steht ein Ferrari. Natürlich viel sportlicher als mein kleiner „Mini“.
Der Stau löst sich langsam und der Ferrari gibt Gas. Meine Karre kommt auch langsam ins Rollen.
Nach ein paar Minuten stehe ich schon wieder im Stau und es war ja nicht anders zu erwarten, neben mir steht der Ferrari. „Oh, du schon wieder“, mache ich mich bemerkbar. „Ja, ich schon wieder“, sagt der Mann hinter dem Lenker. Langsam kommen wir vorwärts. Nebeneinander fahren wir los.
Da sagt der Besitzer des Ferraris: „Wetten, dass ich vor dir am Cineplex bin?“
Ich nehme die Wette an, weil ich eh dorthin muss. Der Schnellere bekomme einen Kinogutschein.
Der Ferrari gibt Gas. Nach kurzer Zeit ist er in der großen Automenge verschwunden. „Mist“, denke ich, aber zum Glück kenne ich eine Abkürzung.
Die Abkürzung hat mir nicht viel gebracht, denn ich komme erst in etwa 45 Minuten später am Treffpunkt an.

Mir ist klar, dass ich verloren habe, und gebe auf. Doch als ich zum Eingang gehe, ist der Ferrari-Besitzer nicht da. Also muss ich warten, und zwar lange.
Gerade will ich aufgeben, da kommt er. Der Mann schreitet zögernd auf mich zu.
„Ich sehe ein, dass Sportautos nicht immer schneller sind als andere, und du hast es verdient, ich stand einfach im Stau", erklärt der Mann.
Er lädt mich ins Kino ein und wir haben einen schönen Abend.
Vielleicht wird daraus ja noch eine gute Freundschaft???

Kerstin Kohlpoth

Münster Helau!

Unsere Tochter war zwei Jahre alt und vom Verkleidungsfieber erfasst. Freunde, die in der Nähe der Hammer Straße wohnten und selbst auch kleine Kinder hatten, wollten sich mit uns auf dem Karnevalsumzug treffen. Die Josefskirche war unser Ziel und wir machten uns gut gelaunt und halbwegs verkleidet auf den Weg.
Unser Töchterlein sah aus wie Pippi Langstrumpf und benahm sich auch so.
„Hey, Pippi Langstrumpf, talahi, talaha, tallahoppsassa!", krähte sie fröhlich und hüpfte wie ein Flummi auf und ab.
Ich verkleidete mich als Hippie mit langem Rock und einem bunten Tuch in den Haaren. Tom blieb Tom.

An der Josefskirche angekommen, sahen wir gleich unsere Freunde, deren Kinder als Cowboy und Prinzessin verkleidet waren.
Wir stellten uns dicht an die Straße, damit die Kinder alles sehen und die zu erwartenden Schätze, die von den Wagen fliegen würden, auch gut fangen konnten.
Mit lautem „Tschingderassabum“ wälzte sich der Zug in unsere Richtung.
Neben mir stand eine ältere Dame, die eine große Plastiktüte in der Hand hielt. Mit verkniffenem Gesicht musterte sie unsere fröhlich hopsende Kinderschar.
Der erste Wagen passierte unsere Gruppe und ein Karamellregen ging auf uns nieder. Juchzend versuchten die Kinder, sie aufzusammeln. Aber da hatten sie nicht mit der alten Dame gerechnet, die sich geradezu wieselflink auf die Kostbarkeiten am Boden stürzte. Erstaunt beobachtete ich, wie sie den Kindern die blöden Bonbons fast aus den Fingern riss.
„Guck mal, Tom, die schnappt den Kids die ganzen Bonbons weg!“ Ich stieß meinen Gatten an, der in ein Gespräch mit unserem Freund vertieft war. Tom sah interessiert auf das Treiben der alten Dame und ging einen Schritt zur Seite.
„Auaaa!“, schrie die Dame empört. „Passen Sie doch auf, Sie haben mir auf die Hand getreten!“
„Oh, das tut mir leid“, meinte Tom mit einem kleinen Lächeln. Mit verkniffenem Gesicht zog die Dame ein Stück weiter. Ich konnte mir ein schadenfrohes Kichern nicht verkneifen und die Kids hatten freie Bahn auf Kariesverursacher.
Der Zug schlängelte sich endlos dahin. Ich hatte bald die Nase

voll und sehnte mich nach Waffeln mit heißen Kirschen, die es sicher gleich bei unseren Freunden geben würde.
Der vorletzte Wagen mit dem gekrönten Haupt rollte an uns vorbei. Die harten Kamellen prasselten uns entgegen und dann hörte ich Tom fluchen.
„Verdammt, der Idiot hat mir die Dinger an die Brille geworfen!“ Er nahm seine - jetzt zweiteilige - randlose Brille ab und sah entsetzt auf die Zerstörung. Das Glas war an der Stelle zerbrochen, wo es mit dem Bügel verbunden war. Aber zum Glück war das Auge unversehrt.
Tja, so lustig kann Karneval sein. Doch die Waffeln haben alles wieder rausgerissen.

Marion Spaan

09 Münster mal so oder so erfahren

Münster ist die lebenswerteste Stadt der Welt

Promenade. Altstadt. Markt. Wer diese drei von vielen anderen Merkmalen Münsters mal erlebt hat, weiß, wovon ich rede. Ich liebe die Promenade, zum Joggen, zum Gehen, zum Kaninchengucken, die ich lieber Hasen nenne. Teure Wohnungen, viele Studenten und noch mehr Radfahrer. Aber all das wird geliebt. Warum? Seien es die Wohnungen im Kreuzviertel, schön mit Stuck und hohen Decken; die multikulturelle Vielfalt der Universität und die Fahrradwege, die man nicht besser hätte gestalten können. Ich könnte auch anders wohnen, schön da, wo ich arbeite, wo die Wohnung nur die Hälfte kostet, dafür aber doppelt so groß ist. Ich könnte mir dort ein Haus kaufen mit einem großen Garten und noch ein Auto dazu, könnte mehrfach im Jahr in den Urlaub fliegen. Ich hätte 10 Stunden Fahrzeit in der Woche gespart und noch mehr auf dem Konto.

Aber darauf verzichte ich gern, nur um in Münster leben zu können. Ja, ich bekenne mich, ich zahle locker 900,00 € für eine Wohnung innerhalb des Rings im Erphoviertel, wo der Italiener und auch der Spanier um die Ecke liegen, beide jedes Mal freundlich grüßend.

Leckeres Brot von Tollkötter, der gelbe Aufstrich, die Holstein Butterhandlung und der Manchegosalat. Das Filet im Fiu, die Pizza im Mocca, wo meine liebste Freundin mal gekellnert

hat.
Das Kopfsteinpflaster, was mir und meinem Rad nicht guttut, aber der Atmosphäre dienlich ist. Die frischen Blumen auf dem Markt, die Erbensuppe aus der Kanone. Galerie Nolte in der Altstadt, Freunde und Galeristen zugleich. Ebenso unbezahlbar wie die Wohnungen.

Jennifer Veldman

„Zimmer an katholischen Studenten, Nichtraucher, Wochenendfahrer zu vermieten"

Ich rechne
1979 bis 1984,
1987 bis 2002,
2007 bis 2013 ...

27 Jahre und damit genau die Hälfte meines bisherigen Lebens habe ich in dieser Stadt verbracht – „meiner" Stadt?
Einer Stadt, in der ich nie über den Abschluss des Studiums hinaus bleiben wollte. Es gibt ja noch so viele schöne Orte auf der Welt!
Nach Bielefeld ging es von hier aus zunächst, in die Stadt, die eventuell gar nicht existiert, was nach der schlechten Erreichbarkeit von Münster aus zu urteilen auch stimmen könnte.
Dann wieder zurück nach Münster, allerdings eher unfreiwillig; wie ich im Brustton der Überzeugung verkündete, hatte ich die Wohnung im Ostviertel nur für rund sechs Monate

bezogen. Es wurden 15 Jahre daraus.
Das Leben geht seine eigenen Wege und nicht immer die schlechtesten. Denn ich habe Münster lieben und schätzen gelernt, so sehr, dass ich auch 2007 mit einem lachenden und einem weinenden Auge wieder in die westfälische Provinz kam.
Provinz im oft besten Sinne, überschaubar, geradlinig, berechenbar, unaufgeregt, eine Stadt ohne Risiko. Wie oft erfüllt das unsere Bedürfnisse, kein Risiko einzugehen.
Wenn ich nicht gerade in Münster wohnte, war ich in anderen Städten, größeren, kleineren, auch im Ausland.
Es war schön, es war anders. Man kann auch dort gut leben, obwohl viele Münsteraner das nicht glauben mögen. Münster „klebt", heißt es immer.
Trotzdem ist es richtig, fort gewesen zu sein, denn das schärft den Blick für die Dinge, die sich bewegen und ändern oder so bleiben, weil sie gut sind, wie sie sind.
Bei aller Beständigkeit gibt es mehr und mehr Offenheit für Abweichendes, Menschen, die von überall her kommen, sogar eine internationale Schule - wie haben wir Düsseldorf und Köln beneidet! Toleranz gegenüber Andersgläubigen und junge und kreative Ideen in vielen Bereichen.
Wohnungsanzeigen wie die meiner Jugend: „Zimmer für katholischen Studenten, Nichtraucher, Wochenendfahrer" habe ich schon lange nicht mehr gesehen.
Vielleicht klebt Münster ja doch?

Silke Steenblock

Eine „multi-kulti" Mutter in Münster

Weil ich Autorin und Schauspielerin werden möchte, nehme ich an der Schreibwerkstatt der VHS Münster teil. Mein Lieblingsfach in der Schule ist Englisch, deswegen möchte ich eine Engländerin, die in Münster lebt, interviewen. Es interessiert mich, wie Ausländer Münster empfinden, und diese Frau ist eine besondere Ausländerin. Geboren in Afrika, aufgewachsen in Italien und England, hat die befragte Person zuletzt in Stuttgart gelebt. Seit 2004 ist Münster ihre „Heimat".
Die Kursleiterin hat uns erklärt, man soll Leute und Orte nicht nur anschauen, sondern mit allen Sinnen wahrnehmen. Deshalb lasse ich meine Gefühle arbeiten. Ich schließe kurz die Augen und merke, dass die Frau nach Vanille und frisch gebackenen Keksen duftet, und schon habe ich meine erste Frage: „Haben Sie gebacken?" Eine zierliche Stimme mit lustigem Akzent antwortet: „Ja, ich habe Osterkekse mit meiner Tochter gebacken, sie backt so gerne, koste mal."
Irgendwie drehen sich auch alle anderen Antworten auf meine Fragen über Münster um ihre zehnjährige Tochter. Sie erklärt, dass schon elf Tage nach ihrer Ankunft in Münster ihr Kind geboren wurde. Früher als geplant, sodass sie kaum Chancen hatte, die Stadt in Ruhe zu entdecken. Sie hatte auch keine Zeit, die vielen Krankenhäuser in Münster zu besuchen, und letztendlich, als es mit den Wehen losging, brachte ihr Mann sie ins nächstgelegene Krankenhaus. Und so kam es, dass die Frau Münster nur als „mamma" kennt und die Stadt immer durch Kinderaugen erforscht hat. Im gleichen Jahr, als

sie nach Münster umgezogen ist, gewann die Stadt zwei Auszeichnungen: die lebenswerteste Stadt der Welt und kinderfreundlichste Stadt Deutschlands. Die Frau kennt viele Städte und ist froh, dass ihr energetisches Kind in einer Stadt aufwachsen kann, die so vieles für Kinder anbietet. Sie erzählt auch, dass sie ein großer Fan der Kindertheater-Reihe in der Meerwiese ist. Dort hat sie zahllose Kinderstücke gesehen, sogar ihre Tochter stand dort, im Rahmen der Kindertheaterprojekte, auf der Bühne.

Zum Abschluss dieses Gespräches möchte ich gerne ihre wichtigsten Erlebnisse in Münster kennenlernen. Das schönste war die Geburt ihrer Tochter. Klar, hätte ich ahnen können! Schwierig war es für sie als Ausländerin in den ersten Jahren in Münster. Im Vergleich zu Städten wie Milano und London fand sie Münster etwas provinziell und viele Westfalen sehr zurückhaltend. Öfters hatte sie am Anfang mit dem Wetter zu kämpfen und vermisst immer noch die italienische Wärme.

Italienisch kann ich auch ein bisschen und so bedanke ich mich bei der Frau für ihre Zeit mit einem großen „Grazie". Dann am Ende sage ich: „Danke, Mama, für das Interview. Die Kekse sind mega-lecker. Was machen wir jetzt?"

Olivia Schulz

Ein bairischer Münsteraner

Wenn man als Bajuware so unversehens in Münster landet, die Innenstadt bleibt erst noch ein schönes Geheimnis, reibt man sich erstaunt die Augen: lauter rote Häuser! Kennen die Münsteraner denn keine geweißelten Häuser? Doch, kennen sie, natürlich. Und, die roten Häuser sind nicht einfach rot, sondern verklinkert, wie der Unwissende schnell erfährt. Schließlich erwirbt man sogar so ein rotes Haus in einem gediegenen Stadtteil Münsters und da ist Staunen erneut angesagt.

Ein schnuckeliges Vorgärtchen reiht sich ans andere und alle scheinen gleich. Fein säuberlich abgezirkelt ist Blume für Blume, Pflanze für Pflanze, mitunter erinnern niedliche quadratisch angeordnete Buchsbäumchenumrandungen an den Park von Schloss Nordkirchen oder den Barockgarten hinter der Clemenskirche. Eben jedem sein eigenes Schlossgärtchen. Im Garten gegenüber beeindrucken Bäumchen in allen denkbaren geometrischen Formen, Hauptsache, geformt und gestutzt und zurechtgeschnitten. Niemand weiß so genau warum.

Den Bajuwaren schaudert´s leicht, denn vertrauter ist ihm schon eine etwas wildere, freier wachsende Natur, ein richtig fröhliches Durcheinander von Farben und Formen. Verzweifelt hält er Ausschau nach z. B. einem Löwenzahn, blühendem Klee, freien Trieben, aber Unkraut ist nicht erlaubt, so müssen zwischen den ordentlichen Quadraten schnurgerade dick mit Mulch bedeckte schmale Wege laufen, unter denen auch das

kleinste Hälmchen keine Luft bekommt, aber auf denen der Schlossherr genüsslich und wohlgefällig einherschreitend sein Werk betrachten kann.
Irgendwann läuten dann natürlich laut und ausdauernd die münsterischen Glocken und der Bajuware fühlt sich mit Tränen in den Augen an seine Heimatstadt in Bayern erinnert und heimische Gefühle ergreifen ihn.
Und übrigens nach 35 Jahren Leben in Münster hat man durchaus mal hier und da ungehindert wachsende Natur gesehen, und man denkt auch nicht mehr über Buchsbäumchen nach, sondern erfreut sich an den rotgoldenen, hohen, mächtigen, in den Himmel wachsenden Kastanien, Linden und Buchen rund um den Aasee, und wenn es schon unbedingt wild zugehen soll, dann hört man eben verzückt dem Brüllen der Tiger bei der Fütterung zu, wenn der Schall zum Aasee herüberdrängt.
Man ist eben heimisch geworden.

Eva Schmidtke

Münster, eine charmante Frau

Münster ist eine Stadt, die man nur lieben kann. Sie ist wie eine hübsche, charmante junge Frau. Aber es war wie Liebe auf den zweiten Blick.
Als ich sie zum ersten Mal erlebt habe, zeigte sie ihre kalte und fremde Seite. Ich kam allein, abends, im Winter auf dem unfreundlichen Bahnhof an, es regnete und der Himmel war

grau. Es war ein trostloser erster Eindruck! Besonders für einen Italiener, der kein Wort Deutsch sprach und sich vorgenommen hatte, hier sechs Monate mit einem Erasmus-Stipendium zu studieren.
Doch nach und nach lernten wir uns besser kennen und kamen uns näher. Die Vielfalt der Farben und Sprachen, die Schönheit der Viertel und Parkanlagen und die Zuverlässigkeit ihres Charakters locken mich an und haben mich nicht mehr losgelassen.
Immer wieder bin ich nach Italien zurückgekehrt, aber immer wieder nach Münster zurückgekommen. Jetzt ist mein Herz zwiegespalten zwischen meiner geliebten sonnigen Heimat und der hübschen jungen Frau.
Heute arbeite ich als Arzt in einer Klinik in Münster, fühle mich sehr wohl, nicht zuletzt wegen meines deutschen und internationalen Freundeskreises.

Arrigo Fruscalzo

Litanei von der Münster'schen Hoffnung

Münster ist eine Ziegelstadt mit vielen Bäumen.
Viele Bäume für eine Stadt.
Am Schiffahrter Damm stehen Kastanienbäume, nach dem Kanal Lindenbäume, am Sentmaringer Weg japanische Kirschbäume, an der Hammer Straße die Baumhasel.
Jede Straße eine Baumart!
Jeder Autobahnabschnitt seine eigenen Einheitsgewächse.

Dazwischen der poppige, flippige, gelbe Ginster.

Hübsch ordentlich getrennt.
Nichts gemischt.
Nicht die Bäume, nicht die Menschen.
Arbeitslose viele,
Sozialhilfeempfänger viele,
Asylanten viele und arme Menschen auch genug.
Apfelbäume, Birnbäume und Nussbäume in den kurz geschnittenen Rasenanlagen,
zwischen den Arbeitslosenbehausungen KEINE.

Keine Bäume mit Früchten für arme Kindermäuler!
Könnte ja bekleckert werden, der schöne grüne Rasen, wenn die reifen Früchte auf ihn danieder fallen; könnte ein Hund darauf ausrutschen; ein deutscher Hund. Da sei Gott vor! Der arme Hund! Wo kämen wir denn hin, wenn der ausrutschte? Und wer ersetzte denn der heimischen Fruchtimport-Industrie den Verdienstausfall, wenn Obstbäume in den Parkanlagen stünden, und wer zahlte denn, wenn ein Kind von einem Apfelbaum fiele auf den schönen grünen Rasen?
Dann lieber die importierten Zuckerwasseräpfel und die Zuckerwasserweintrauben fressen.
Dann lieber die Nachmittagsfernsehsendungen in sich reinfressen.

Arme, arme Kinder.
Denkt keiner an sie!

Denkt jeder nur an Karriere und Rentenabsicherung und Euro-Wertanlagen und an grünen kurz geschnittenen Rasen.

Allseits beliebt, der grüne Rasen.
Muss schön kurz gehalten werden. Tut man gerne hier. Das Kurz-und-klein-Halten. Hat es immer schon gerne getan.
Was anders ist und wild wuchert – nicht nutzbare Pflanzen, Ausländer, Kinder, lila-haargefärbte Jugendliche, Unkraut: alles ausreißen, was anders ist!
Und was wild wuchert, wo es hinführt, hat man einmal schon erlebt.
Damals.
Man war dabei, man kann sich aber leider nicht mehr so gut erinnern. Man hat wenig gewusst, man hat ja sooo wenig gewusst, aber man weiß noch, das Wildsein ufert aus.
Weg damit, ausreißen, abschneiden, wegschmeißen!
Alles gerade machen, alles in Ordnung bringen, alles begradigen, alle Straßen schön ausbauen, alle Straßenränder mit schönen Alleebäumen bepflanzen. Von Straßenbauarchitekten geplant und vom Straßenbauamt angebaut. Platanen und Ahornbäume anbauen, Baumhasel und Ginkgos.

In 30 Jahren nur noch Platanen, Ahorne und Ginkgos.
Außer vor Baumärkten, außer vor Einkaufsmärkten.
Da sind die buchsbaumartigen Kurzsträucher in Reih und Glied.
Wie es sich gehört.
In Reih und Glied, geradlinig gepflanzt, geradlinig beschnit-

ten – und dazwischen Rindenmulch.
Sauber schaut das aus.
Da bin ich hingerissen.

Erst werden die alten Bäume umgeschnitten,
dann kommen die Bagger,
dann kommen die Fertigbauelemente und
Fertigtüren und
Fertigfenster.
Fertig der Bau, fertig auch die Arbeiter.

Dann kommen die Begrünungsunternehmen und
unternehmen Grün.
So schnell und effektiv.
Das ist Kultur.

Man müsste ihnen die Buchsbaumartigen verbieten!
Man müsste ihnen das Reisen verbieten, damit sie den Boden ihres eigenen Landes auflockern.
Und man sollte mit Buße belegen, wer den Boden mit einer Waschbetonplatte befestigt!
Im Frühjahr werden die Waschbetonplatten mit Kärchers Hochdruckreiniger unter Hochdruck gereinigt; im Sommer wird der wenige grüne Rasen mit Motormähern beschnitten, im Herbst wird mit benzinbetriebenen Laubbläsern alles auf Haufen geblasen und im Winter der Schnee mit benzinbetriebenen Schneefräsen gefräst. Alles aber stets mit Schutzbrille; man hat ja Angst, es könnte mal was passieren.
Entlang der Hammer Straße stehen Baumhaselbäume.

An der Hammer Straße gibt es Anwohner, die bepflanzen die runden Löcher, in die die Bäume verbannt worden sind, mit Efeu, kleinen Rankpflanzen und Blumen.

Gewidmet ein paar widerstandsfähigen Bewohnern der Hammer Straße in Münster.

Christian Mitterecker

10 Wie man in Münster miteinander spricht

Falko & David

Filmriss

Falko und David haben den Sinn des Lebens gefunden.
Wir trinken den einen und anderen Martini und hören Beethovens 5. David erzählt, während Falko die Hemden bügelt, dass sie auf dem Höhepunkt eines brachialen Besäufnisses den Sinn des Lebens gefunden hätten und ihn sofort auf einen Zettel geschrieben haben. Ich lasse den Wermut tröpfchenweise die Kehle runterrinnen.
„Und?“, frage ich, „was ist der Sinn des Lebens?“
Falko unterbricht das Bügeln. „Das wissen wir nicht mehr. Am nächsten Morgen war der Zettel weg.“ David: „Wir können uns nicht erinnern, was draufsteht.“
„Ja“, sage ich, „vielleicht war es nicht so wichtig.“
Falko bügelt, David scharrt ein bisschen mit den Füßen auf dem Teppich und ich spähe ins Glas. Beethoven ist still geworden. Von Lamberti weht der Glockenschlag herüber.

Emoticons

Samstagmittag. Die Zeit, in der David alles sauber gemacht hat und Falko vom Einkauf auf dem Wochenmarkt auf dem Domplatz zurück ist. Sie lungern im Wohnzimmer herum und trinken Grappa und versuchen, sich gegenseitig Schoko-Crossies in den Mund zu werfen.

Falko: „Hab ihn! :-) “

David: „War das ein :-) oder ein ;-) ?“

„Was denkst denn du? Ein ;-) sieht so aus.“ Und Falko macht Miene. „ :-D “, zeigt David. „Das kannst du besser!“

„ :-P “

Eine Weile schweigen sie. Trinken Grappa. David wirft. Falko fängt das Schoko-Crossie nicht. „ :-(. Schon wieder! Wo ich doch alles gesaugt hab!“

„Was wirfste auch daneben! >:-(“ Schweigen. Grappa. Es klingelt. Falko macht mir auf: „ :-) “

Ich weiß, sie saufen wieder Grappa und verziehen ihre Gesichter wie Smileys.

„ x-(“

Falko: „Mensch! Hattest du einen Stresstag? Komm rein! David! Noch ein Glas!“

Christoph Aschenbrenner

Mieze, weißt du noch?

Weißt du noch, Mieze, was das für ein Tag war damals, als du auf die Eiche geklettert bist? Nein, du weißt es nicht mehr? Oder willst du darüber nicht sprechen? Na, dann erzähle ich es eben.

Es war an einem grauen, schmuddeligen Novembertag, der Tag war so grau wie die Mäuse, die du manchmal als Geschenk mitgebracht hast, um uns damit zu erfreuen.

Mieze, weißt du noch? Sie schwieg.
Dann spazierten wir los, du hinterher. Es war nicht viel los auf den Straßen von Gievenbeck. Es ist so lange her, damals war an vieles noch nicht zu denken, was heute an Wohnblöcken und anderen Häusern steht und durch diverse Straßen voneinander getrennt ist, wodurch sich die einst ländliche Gegend total verändert hat. Wir gingen also bis zur Dieckmannstraße, die gab es schon.
Horch, ein Rotkehlchen, Mieze! Doch Mieze interessierte sich nicht für Vögel, auch nicht als Braten.
Dann sollte es über die Straße gehen, doch du wolltest nicht. Du bliebst an der Bordsteinkante sitzen und rührtest dich nicht vom Fleck. Wir guckten rechts, guckten links auf die Fahrbahn, war sie frei, riefen wir nach dir, wieder und immer wieder. Zum Glück war wenig los, auch aufgrund der noch sparsamen Bebauung.
So, und dann, irgendwann bequemtest du dich dann doch, über die Straße zu uns zu kommen. Dann konnten wir weiterlaufen, du immer hinter uns her, aber wir mussten wie immer nach dir schauen, damit du nicht verloren gingst. Dann kamen wir auf einem Fußweg zu der gewissen Eiche. Sie stand mitten auf dem Weg (heute ist er asphaltiert und ein kleiner Kreisel drumherum). Plötzlich - ein Hund, groß und hellbraun. Der Halter hatte ihn an der Leine. Wau, wau! Der Bello zeigte sich erregt, du auch, denn Hunde magst du für den Teufel nicht. Ehe du den Buckel krümmen konntest, es ging alles blitzschnell, warst du mit Riesensprüngen an der Eiche und auf ihr verschwunden. Es war inzwischen fast dunkel.

Hund und Halter gingen ihres Weges, doch du warst auf dem dicken Baum, dir war unwohl, das war zu sehen. Die Rinde des Baumes gab knisternde und knackende Geräusche von sich, trockene Blätter von Efeu und viele Ranken erzeugten ein Gewirr, das dir befremdlich war. Es dauerte ziemlich lange (wir riefen und lockten), bis du aus diesem Labyrinth wieder herauskamst, um den Rest der Strecke nach unten mit einem einzigen Satz auch noch hinter dich zu bringen. Du und wir, alle waren froh, dass wir uns wiederhatten. Dagegen war das schmuddelige Wetter rein gar nichts. So ist Liebe. Erinnerst du dich nicht, Mieze?
Kannst du dich nicht mal umdrehen, Mieze, wenn ich mit dir spreche?
Ich glaube, es war doch keine so gute Idee, dich von hinten gemalt zu haben.

Marion Gitzel

Drei Münzen im Brunnen

Sie stand mit dem Rücken zum Brunnen und wartete. Als sich ihr Wunsch nicht erfüllte, warf sie eine zweite Münze. Unruhig schritt sie auf und ab. Was sollte das denn werden, fragte ich mich. Nach einer Weile ging ich auf sie zu.
„Welche Kategorie haben Sie denn gewählt?“, fragte ich sie.
„Was meinen Sie?“
„Ich meine, für welche Kategorie Sie sich entschieden haben.“

„Was denn für Kategorien, wovon reden Sie eigentlich? Ich verstehe Sie nicht." Beim heiligen Lambertus! Sie kannte die Regeln nicht.

Wenn Frauen etwas nicht verstehen wollen, darf man nicht mit Logik kommen, man muss anschaulich anhand eines Beispiels, ruhig und unaufdringlich den Sachverhalt erklären. Nur dann hat man eine Chance, wenn überhaupt.

„Also, wenn Sie eine Münze mit der Zahl nach oben werfen, haben Sie automatisch die erste Kategorie gewählt. Es ist die Kategorie mit der längsten Erfülldauer, denn sie bringt Macht, Reichtum und Ansehen. Naturgemäß wollen das die meisten und das dauert eben. Wenn Sie aber lieber auf Vernunft, Weisheit und Klugheit setzen, was auch gerne genommen wird, dann werfen Sie die Münze mit der Zahl nach unten."

Sie hatte mir aufmerksam zugehört.

„Und die dritte Kategorie?", fragte sie.

„Nun, die dritte Kategorie, muss ich Ihnen leider sagen, wird nicht sehr häufig frequentiert. Bisher ist kein K-3-Fall bekannt geworden, obwohl die Umsetzung augenblicklich erfolgt."

Sie wurde schon ganz zappelig.

„Ja, und was ist da alles drin?"

„Demut, Bescheidenheit, Fleiß und Geduld!"

„Ich glaube, Sie erzählen mir was vom Pferd."

Sie warf noch eine letzte Münze und schlenderte froh gestimmt in Richtung Prinzipalmarkt. Dann hörte ich nur noch ein lautes Quietschen und einen Aufschrei. Um Haaresbreite wäre sie von einem Laster überrollt worden.

Mein Gott, dachte ich, was hat die sich bloß gewünscht. Die Kategorie kennst du ja noch gar nicht.

Friedrich Malinowski

11 Eine kleine Reihe von Münsteraner Porträts - von Eva Schmidtke

„Ich kann mich in Münster wie ein Fisch tummeln"

Wenn ein Stuttgarter plötzlich einem Ruf nach Münster folgt und dabei auf der Friedrich-Ebert-Straße landet, dann könnte ihn das schon erstaunt ausrufen lassen: „Da sind ja gar keine Ausländer, da ist ja gar keine Farbe in diesem Münster, einfach nur diese graue Straße!" Dann doch lieber gleich wieder zurück? Und tatsächlich, er fuhr wieder zurück nach Stuttgart. ABER er konnte sich der Stadt eben nicht einfach so entziehen, er kommt wieder. Das war 1982. Thomas Nufer heißt er und er kommt also aus Stuttgart. Deshalb sagt er auch heute noch Münschter statt Münster. Klingt irgendwie liebevoll, der süddeutsche Charme halt; und der wirkt sich nicht nur auf die Sprache aus, auch auf die Pflanzen, mit denen sich Nufer - das ist sein persönlicher spiritueller Draht - bestens unterhalten kann. In ganz großem Stil in seiner Grünflächenunterhaltung, die auch in diesem Jahr wieder stattfinden wird und in der dem Münsteraner Kleinod, der Promenade, ein Wachstumsimpuls verpasst werden soll. Allerdings im Wesentlichen mit Tönen, denn „die Promenade verlangt es nach musikalischen Streicheleinheiten", wie Thomas Nufer selbst meint.

Also 1982. Thomas Nufer kommt in Münster an, zu einer Zeit, als das Borcherttheater noch Zimmertheater hieß. Und er als ein Mann des Theaters hatte keinen größeren Wunsch und Gedanken, als an dieses Theater zu wollen. Also schrieb er an den Intendanten: „Lasst mich auch noch den Löwen spielen!“ Ein Intendant müsste dieses literarische Wort ja wohl verstehen, aber es gab keine Antwort für Nufer. Und jetzt macht er etwas, was nur der kann, für den das Theater Herzenssache ist: Er setzt sich fünf Tage lang von morgens bis abends vor die Tür des Intendanten. Erinnert ein wenig an Kafkas Mann vor dem Gesetz. Nur Nufer saß vor der richtigen Tür im Gegensatz zu dem Mann vor dem Gesetz, der nie vorgedrungen ist. Er bekommt einen Job als Requisiteur: „Ich bin die Promenade jauchzend hinuntergerannt.“ Das ist ihm auch heute noch absolut gegenwärtig. Beim Requisiteur ist er natürlich nicht stehen geblieben. Wer in Münster kennt nicht die zahlreichen originellen Projekte des Autors, Regisseurs und Allroundkünstlers! Mittlerweile, so meint Nufer, ist Münster sein Zuhause, weil er hier das leben kann, was er will. Und das aus dem Mund des süddeutschen Spontaneisten? Aber, so der Künstler, der Münsteraner, der nur ungern über den Tellerrand hinausgeblickt hat, hat sich ja auch verändert. Studenten und Politik hätten in Münster Großstädtisches aufkommen lassen. Münster sei liberaler und offener geworden. Allerdings, der Glockenterror sei geblieben. 11/2 Stunden lang, jeden Sonntag, ein Martyrium für die Ohren. Ein paarmal habe der Blitz in den Glockenturm der Kreuzkirche eingeschlagen; da gab es ein kurzzeitiges Aufatmen und er habe in Ruhe meditieren können. Was er auf eine andere Art bedrohlich findet, sind die Käfige an der Lambertikirche. Nur an denen

ist im wahrsten Sinne des Wortes nicht zu rütteln. Als Freude dagegen empfindet er seine Gespräche mit den Münsteraner Obdachlosen. Für die Verkäufer der Zeitung „Draußen" hat Nufer immer wieder seine ganz speziellen Ratschläge: „Warum nicht statt Zeitung mal Blutdruckmessen?" Die Antwort darauf ist nur ratloses Grinsen. Dann bleiben wir wohl besser bei der Zeitung, ist ja auch kreativer, oder?
Wenn er sein Leben in Münster so rundherum betrachte, dann hat er das Gefühl, sich in Münster wie ein Fisch tummeln zu können. Er hat hier seine innere und äußere Freiheit gefunden. Wie und warum? Münster ist eben groß genug, um sich aus dem Weg gehen zu können, aber auch klein genug, dass man sich immer wieder trifft, wenn man unbedingt will.
Münster ist eben eine Stadt, in der es sich locker leben lässt.

Tatort Münster

Wer ist diese Frau, die Münster wie ihre Westentasche kennt und in dieser als idyllisch und liebenswert bekannten Stadt Spuren von krimineller Energie sucht und findet? Ich habe sie kennen- und schätzen gelernt: Krimiautorin Ursula Meyer. Eine kleine zarte Frau mit sanfter Stimme, mit der man das Genre Kriminalroman nicht unbedingt gleich verbunden hätte. Selbst im Grunde Münsteranerin, wenn auch in Wien lebend, sieht sie Münster trotz „glatter Fassade, wo das Böse scheinbar zurückschreckt" durchaus geeignet für den ein oder anderen Mordfall. Immerhin, so

meint sie, Münster Krimis boomen nicht umsonst.
Manchmal gehe sie bei der Suche nach geeigneten Schauplätzen von einem Plot aus und suche danach die entsprechenden Örtlichkeiten aus. So sei es in „Endstation Aasee" gewesen. Der Aasee – d a s Münsteraner Erholungsgebiet, Paradies für Jogger und Flanierer, mit netten Segelschiffchen und fröhlich quakenden Enten. Die Unbeschwertheit schlechthin. Dort also ein Mord, weil es für die Story der geeignete Schauplatz sei. Das Opfer ist der Direktor eines freilich fiktiven Münster´schen Gymnasiums, der Fundort der Leiche die Himmelreichallee. Auch der Prinzipalmarkt, Münsters gute Stube, wie U. Meyer schelmisch zitiert, ist natürlich berücksichtigt, denn der Prinzipalmarkt ist die Wohnadresse der Kommissarin Sieglinde Züricher. Und dann die Burg Hülshoff und das Rüschhaus. Ohne diese beiden literarischen Kostbarkeiten wäre der Tatort Münster eher nicht denkbar.
In „Münster – Weimar und zurück" wird eine Schülerin auf einer Klassenfahrt zu eben dieser besagten Burg Hülshoff ermordet. Eine Krimihandlung kann bei Ursula Meyer also auch inspiriert sein durch den Schauplatz selbst. Die münsterische Promenade, nachts besonders geeignet als Tatort, hat für manchen selbst tagsüber manchmal einen leicht gruseligen Touch. Sie ist einfach sehr dunkel. So muss auf der Promenade bei Ursula Meyer natürlich der Tod warten. Stadthafen, Pleistermühle, Haus Kump oder der Friedhof an der Piusallee bieten atmosphärisch für die Schriftstellerin ausnehmend anziehende Tatort-Schauplätze. Münster als

„effektvolle Kulisse“ für Morde. Ein wirklich reizvoller Kontrast zum „überschaubar-ordentlichen, konservativen Münster“.

Münsteraner, traut euch!

Andrea Ottenjann, freischaffende Münsteraner Künstlerin, steht in ihrem Atelier vor ihrer Staffelei. Barfuß, mit lässiger Leinenhose und schwarzem T-Shirt arbeitet sie an einem Bild zu dem Musical „Krieg der Knöpfe“. Rot dominiert ganz klar. Zumindest im Moment. Haben es ihr Rottöne überhaupt angetan? In meinem Kopf sind ihre Münsterbilder, in meinem Kopf ist die Kirsche. Jeder Münsteraner kennt sie.
Das Atelier ist gemütlich, wenn man das so unkünstlerisch sagen darf. Links Rolltische mit ganz, ganz vielen Pinseln und Farbtöpfen in allen Größen. Auf dem bunt zugekleckstten Fußboden liegt ein bunt zugekleckstes Handtuch. Ein wohltuendes Chaos. Die Fenster sind teilweise beklebt mit Ideen, Inspirationen und Farben. Spannend, sich durch die Bilder, Fotos, Textbruchstücke durchzuwuseln. Große Leinwände mit Landschaften lehnen an den freien Wänden. Man mag hier sitzen und einfach nur schauen. Sie dreht mir den Rücken zu und führt den Pinsel, mal bedächtig, mal ganz und gar hingebungsvoll. Doch was da genau entsteht, kann ich nicht sehen. Noch nicht.

Andrea Ottenjann ist eine gebürtige Münsteranerin, geboren in einer ehemaligen Privatklinik in der Annette-Allee, zunächst aufgewachsen in der Geiststraße. Münster ist immer ihre Heimatstadt geblieben. Ihre Kindheitserinnerung hat ihr den Weg rein nach Münster über die Kinderhauser Straße durchs Kreuzviertel zum Lieblingsweg gemacht. Ihre Kindheitserinnerungen machen sie auch immer wieder ein bisschen traurig über all das, was es nicht mehr gibt. Was war es für ein Wohlgefühl bei Böcker, dem Böcker, der heute einem AppelrathCüpper gewichen ist, im warmen Eingang mit der Oma auf den Bus zu warten. Warm kann man es ja immer noch da haben, aber es ist nicht dasselbe, weil der schöne Wind von unten fehlt.
Die neue Entwicklung in Münster lässt sie nachdenklich den Kopf schütteln: Es gibt wenige kleine, interessante, kreative Läden mehr, mit einem dicken Kronleuchter im Verkaufsraum. Das polierte, glänzende Münster rund um den Prinzipalmarkt ist für Andrea Ottenjann nicht unbedingt zum Wohlfühlen. Es ist zum Repräsentieren und für die Touristen eben zum Besichtigen. Angetan haben es ihr die Schleichwege in Münster, das Drumherum um die bevölkerten Straßen, da, wo man mal ein Graffiti sehen kann, ein einsames Fahrrad an die Wand gelehnt wahrnimmt; die kleinen Straßen von der Königsstraße zur Aegidiistraße, wo sich kleinste Läden verstecken, ein winziger Klamottenladen, der zu Ehren des Münchner Oktoberfestes sein Lädchen mit Dirndln vollgestopft hat. Auch rund um das Gasolin Café und rund um das Schlosstheater kann man gut her-

umstreunen, ohne vom großen Glanz geblendet zu werden. Gibt es den typischen Münsteraner für sie? Die ganz spontane Antwort, die unumwunden kommt: „Er macht keinen Campingurlaub." Viele Menschen hier haben eben gute Jobs, zeigen nach außen, was sie besitzen, können sich schön anziehen und schön einrichten. Anerkannt ist man, wenn man diese speziellen Werte erfüllt. Ist man gut gekleidet, werden einem auch Pakete zum Auto getragen. So hat sie es selbst erfahren, allerdings ganz und gar andersrum; sie war kaufbereit und der Betrag war nicht übel, aber irgendetwas im Outfit entsprach offenbar nicht so ganz dem Münsteraner Kodex; also gab es eben keinen Träger für die Pakete. Etwas mehr Menschenkenntnis oder weniger Fixiertheit hätte da helfen können.

Wenn man allerdings an den Münsteraner privat herankommt, und das ist der Künstlerin häufig gelungen, dann lernt man einen total netten Münsteraner kennen.

Aber so richtige Querdenker gibt es in Münster eher selten.

Der Hawerkamp, das kreative Szeneviertel, war der Stadt immer ein Dorn im Auge. In Berlin gibt es übrigens so etwas an jeder Ecke. Jetzt endlich lässt man den Hawerkamp in Ruhe. Etwas kultig darf es also doch sein.

Raggaekonzerte finden jedes Wochenende im Untergrund statt; sie werden nicht wahrgenommen, weil der Münsteraner lieber zu den Aaseeserenaden geht. „In Münster gibt es wohl zwei Systeme, und kein System weiß von dem anderen."

Andrea Ottenjann sucht nach dem Fremden in Münster. Sie

kann es auch riechen, es riecht nach Provence, die Kirschblüten in der Schulstraße und die Lindenblüten auf der Promenade. Und dann gibt es da noch dieses Grüne, Plüschige in Münster, was einen verträumt macht und was man lieben kann.
Lieben kann man auch die Gradlinigkeit des Münsteraners. „Wenn er Ja sagt, meint er das." Diese Verlässlichkeit konnte Andrea Ottenjann bei ihren Ausstellungen in Ladenlokalen der Stadt in bester Zusammenarbeit spüren.
Mit einem entschlossenen Lächeln wendet sie sich nun endgültig wieder ganz ihrem Bild zu, nicht ohne noch einen Appell an die Münsteraner zu richten:
Die Münsteraner sollten sich einfach trauen, fremder zu sein. Man darf und kann das hier.

Münster, die glückselige Insel!

Sie hat sich wirklich Zeit genommen für ein Gespräch über Münster. Dr. Ottilie Rödder-Wehrmann, eine viel beschäftigte Frau und eine erstaunliche Frau. Schlank, kurzes blondes Haar, leicht wellig, weiblich, sportlich. Ihre Ausstrahlung ist wohltuend. Man spürt Kompetenz und zugleich die Fähigkeit, sich einzufühlen. Eine wirklich gute Kombination, die gerade für eine Ärztin eine wichtige Voraussetzung ist.
Eine alteingesessene Münsteranerin ist sie nicht. Geboren in der Nähe von Altenkirchen, einem kleinen Ort im westli-

chen Westerwald, nahe bei Bonn und Köln. Ihre besondere Affinität zu den Rheinländern kann man also gut verstehen. „Die sind immer gut zurecht“, meint sie lächelnd. Aber wenn der Ehemann ein Westfale ist, dann lässt man sich eben irgendwann in Münster nieder, zumal er und sie auch in Münster studiert haben und glücklich waren, das hier tun zu können. 1990 war schließlich die Niederlassung beider Ärzte nach einer längeren Münsterpause.
Dennoch waren Ottilie Rödder-Wehrmanns erste Jahre in Münster geprägt von Sehnsucht nach dem Rheinland, bekennt sie mit einem leicht melancholischen Ausdruck. Ihre Hingabe an das Rheinland lässt sich an einer ganz besonderen Episode zeigen, die sie als eines ihrer schönsten Erlebnisse bezeichnet. Münster sei ja eher keine Karnevalshochburg, was Ottilie Rödder-Wehrmann aber nicht daran gehindert hat, in der Karnevalszeit zu großen Feten mit Kostümpflicht einzuladen. Bei so einer Gelegenheit habe plötzlich vor ihrem Haus ein Riesenbus gehalten. Ihm seien hochherrschaftlich der Münsteraner Karnevalsprinz mit Prinzengarde und dem Fanfarenkorps entstiegen und hätten ihr ein Ständchen gehalten. Warum? Ottilie Rödder-Wehrmann hatte Geburtstag. Echt beeindruckend. Und ein klarer Tribut an die rheinländische Seele.
Karneval hin oder her, Münster ist eine ideale Stadt, sagt sie in überzeugtem Ton: familiengerecht, Uni-Stadt und eine hohe Lebensqualität, denn „man kann alles mit dem Fahrrad erreichen.“ Klingt irgendwie witzig! Aber überall so schnell wie möglich sein zu können, ist für Ottilie Rödder-

Wehrmann eben ein echter Wert.
Plötzlich wirkt sie etwas nachdenklich und dann stellt sie eine wirklich interessante These auf: „Münsteraner realisieren andere Städte nicht immer.“ Klar, rundherum ist Land. Münster ist die „glückselige Insel“. Nur so konnten sich die Münsteraner immer um sich selbst drehen. Sie sind zufrieden mit sich, weil sie in einem Sozialgefüge leben, in dem sie, die Münsteraner, sich gegenseitig anerkennen. Jeder kontrolliere irgendwie jeden. Der alteingesessene Münsteraner lebt also wohl eher angepasst und natürlich gut gekleidet.
Zumindest war das alles so vor 20 Jahren. Das heutige Münster stellt sich toleranter dar und manche Vorurteile wurden ganz offensichtlich weniger. Mehr als 150 Nationen hat man in Münster gezählt und das heißt doch was! Auch die berufstätigen Töchter der ehemals nicht berufstätigen Mütter hätten zur Veränderung starrer Denkweisen beigetragen.
Gibt es Stellen in Münster, die Ottilie Rödder-Wehrmann besonders mag? Ja, den Dom und den Domplatz! „Die Spitze des Doms sehe ich als Möglichkeit, über Münster hinauszusehen, um den Blick wieder zu weiten.“ Und die Werse mag sie. Dort, in idyllischer Natur, geht sie regelmäßig joggen.
Und was könnte das Münsterbild besser abrunden als die Tatsache, dass ihre beiden Söhne im Franziskus-Hospital geboren wurden und ergo „echte Münsteraner“ sind, die sich dieser Stadt ganz klar verbunden fühlen.

Rudolf der Vagabund

Da sitzt er, vor Peek und Cloppenburg, Hut auf, Hut vor sich, nettes, freundliches Lächeln und ein Schild in den Händen, auf dem steht „Du bist wundervoll". Er nennt sich Rudolf der Vagabund, erfahre ich, nachdem ich ihn angesprochen habe. „Warum sitzen Sie hier? Sie sehen so gesund, gepflegt und frisch aus! Wozu also der Hut?" Daraus musste sich ja wohl ein Gespräch ergeben. Ein spannendes obendrein.

Er kommt aus Oberschlesien, landete im Alter von 6 Jahren in Deutschland im Kreis Herford, dann Schule, dann Abitur. Jetzt ist er 26 Jahre und hat sich für das Vagabundenleben entschieden. Warum? „Menschen kennenlernen, sich selbst bestimmen, auf der ureigensten Reise sein", sagt er ein wenig verlegen grinsend. „Ich kann tun, was und wann ich es will. Das ist wichtig für mich, denn ich habe unter den sehr beengten katholischen Verhältnissen in Oberschlesien gelitten. Mein jetziges Leben lässt mich gut schlafen, auch wenn der Beton hart ist, und ich brauche nicht viel: mal eine Cola, mal eine selbst gedrehte Zigarette." Das Betteln gehöre zum Vagabundenleben dazu, meint er entschuldigend. Als Schmarotzertum betrachtet er dieses Leben nicht, weil er, wie er es nennt, mit seiner Botschaft Menschen auf den Boden der Tatsachen bringt. Ein Vorübergehender meinte zu seinem Schild: „Ich könnte so was ja mal zu meiner Frau sagen!" Das versteht Rudolf der Vagabund wohl unter seinen persönlichen Botschaften. Er betrachtet es auch als Anregung zu positiven Gedanken. Es gibt Leute, die werfen Geld in seinen Hut und sagen DANKE. Na dann muss ja wohl was dran sein, an den Botschaften!

Als Vagabund zieht er von Stadt zu Stadt: Amsterdam, Utrecht, Brüssel, Lille, Aachen, Düsseldorf und immer wieder Münster. In Münster gibt es gute Schlafplätze und interessierte Passanten. Was die Schlafplätze anbelangt – und Schlafen ist nun mal das Wichtigste überhaupt –, bietet sich das Parkhaus an. Solange er keinen Dreck hinterlasse, sei es okay, meinte der Pförtner. Ab und zu schlafe er aber auch bei Leuten, die er über seinen Hut oder sein Schild kennengelernt hat. So einen veganen Philosophen, der ihn nicht nur zum Kaffee eingeladen hat, sondern ihm auch gleich ein Nachtquartier anbot. Dafür hat Rudolf der Vagabund ihm dann beim Umzug geholfen. So wäscht eine Vagabundenhand die andere, auch wenn es eine Veganerhand ist.

Und die vielen interessierten Passanten? Die würden dann schon mal so Sätze sagen wie: „Mensch, geh doch arbeiten!“, oder: „Für so was müssen wir bezahlen!“ Manche zeigen aber auch mit dem Daumen nach oben und lächeln, laden ihn zum Kaffeetrinken ein oder auch zu einer Mordskocherei, nennt sich Stationenkochen. Die Münsteraner Polizisten sind immer freundlich und raten ihm leicht besorgt, sich um seinen verlorenen Ausweis zu kümmern. „Aber ein Ausweis macht keine Aussage über eine Person, finde ich. Sieht man mich an, kann man erkennen, dass ich weder verbrecherisch noch gewalttätig bin.“ Gewalttätigkeit hat er allerdings selbst in Münster am Bremer Platz erlebt. Eine

Frau habe um Hilfe geschrien, weil drei Männer sie bedrohten. Rudolf wollte helfen, aber einer der Männer hat ihn sofort angegriffen und ihm einen Zahn ausgeschlagen. „Als ich dann ein Messer aufblitzen sah, bin ich sofort wie ein Wahnsinniger davongestürmt." Ansonsten findet er Münster friedlich. Das Kriminelle ist wohl eher im Münster-Tatort oder im Wilsberg zu finden. Die beiden Krimiserien haben Münster als Stadt für ihn interessant gemacht. Auch außerhalb der Filme hat er für Gebäude in Münster jede Menge übrig. Besonders gefällt ihm der Wechsel von neu und alt und die Beleuchtung im Winter.

Menschen in anderen Städten rät er: „Fahr nach Münster, schau´s dir an!" Er jedenfalls wird immer wieder kommen. Er findet Münster und seine Menschen liebenswert.

Münster im Auge des Sturms

In dieses Auge hat Antonius Witte zwar zum fraglichen Zeitpunkt nicht persönlich geblickt, er war unterwegs, aber das dramatische Geschehen spielte sich auf seinem Grundstück in der Aegidiistraße, Ecke Mühlenstraße ab.

Antonius Witte hat in Düsseldorf Kunst studiert und nach 22 Jahren Freiberuflichkeit hat er sich für die Schule entschieden, in der er seit 2005 als Kunstlehrer tätig ist.

Er gehört ganz klar zum Münsteraner Urgestein, denn seit 200 Jahren lebt seine Familie auf dem Grundstück Aegidiistraße, Ecke Mühlenstraße, wo auch das beliebte Café Gasolin steht - ehemals Großtankstelle, dann Ladenlokal, dann Taxiunternehmen und heute eben das Café mit dem Kunstwerk auf dem Dach. Die Münsteraner kennen das Gebilde gut, das der Kanadische Künstler Kim Adams 1997 im Rahmen der Skulpturenausstellung in Münster auf das Dach der damaligen Taxizentrale montiert hat. Es ist eine mehrteilige Installation mit dem Titel „Auto Office Haus“. Jetzt hat es eine große Delle, weil es gab da eben diesen unglaublichen Sturm in Münster, als das Wasser von den gewaltigen Regengüssen entfacht einfach so die Aegidiistraße hinunter schoss.

Am 28. Juli 2014 erhielt Antonius Witte, der Hausherr des Gasolin und des anliegenden Wohnhauses, einen aufgeregten Anruf nach Kroatien, wo er sich gerade aufhielt. Das Unwetter in Münster hat dafür gesorgt, dass die 100 Jahre alte und 12 Tonnen schwere Esche auf dem Grundstück des Kunstlehrers entwurzelt wurde oder die der Sturm einfach umknickte und die mit einem lauten Krachen auf das Dach des Gasolin oder, genauer gesagt, auf das Kunstwerk donnerte.

Ironie des Schicksals war, dass sich genau in dieses Café wegen der unfassbaren Wassermassen auf der Straße zahlreiche Frauen mit ihren Kindern geflüchtet hatten. Im Café selbst war offensichtlich vom Sturz des Baumes nichts zu hören gewesen. Erst durch die Menschen, die vor dem Café stehengeblieben waren und mit offenen Mündern und aufgerissenen Augen entsetzt auf das Dach des Gasolin gestarrt hatten, wurden die Gäste des Cafés auf die große Gefahr aufmerksam, die ihnen durch den Baumriesen drohte. Fluchtartig und blitzschnell wurde das Gasolin jetzt verlassen.

Fest stand, dass das Kunstwerk - der Künstler selbst bezeichnete es im Nachhinein als eine Art Airbag - vielen Menschen das Leben gerettet hat.

Der Hausherr hatte nach diesen Nachrichten in Kroatien eine ziemlich unruhige Nacht, auch wenn der Schrecken fühlbar gedämpft werden konnte, denn, es war kein Mensch zu Schaden gekommen.

Nach seiner Rückkehr konnte er sich von einem weiteren kleinen Wunder überzeugen: Das riesige Wurzelwerk der Esche hatte genau einen Fingerbreit vor seinem Wintergarten Halt gemacht. Noch einmal mit dem Schrecken davongekommen.

Ein riesiger Krater im Garten von Antonius Witte und ein demoliertes Kunstwerk, das der Künstler wohl zu reparieren gedenkt, werden Antonius Witte wohl lange an diesen denkwürdigen Unwettertag erinnern.

Münsteraner Atelier unter Wasser

Christian Mitterecker kommt aus Kufstein in Tirol. Seit 1991 lebt er in Münster, malt, schreibt und formt. Seine Skulpturen dienen dem Künstler dazu, seine Gefühle in dieser besonderen Weise zeigen zu können. Seine Bilder sind oft auch Untermalung von selbst verfassten, meist sozialkritischen Texten.

Zu einer stattlichen Anzahl sind seine Werke, Ölgemälde, Grafiken, Aquarelle und Skulpturen mittlerweile angewachsen.

Dann aber, am 28.7.2014, überraschten Münster nie dagewesene Regengüsse. Der Künstler lag im Krankenhaus, als ihn die Schreckensnachricht erreichte: Sein Atelier ist überschwemmt! In diesem Atelier, einem westfälischen Gut, nahe Münster, sind seine sämtlichen Kunstwerke deponiert, unversichert wohlgemerkt.

Eine sofortige Rettungsaktion dessen, was ihm zutiefst am Herzen lag, kam im Grunde zu spät. Beim Öffnen der Tür zum Atelier schwammen Bilder und Maschinen heraus und wurden direkt in den mächtig angeschwollenen Bach gerissen, der sich sonst harmlos neben dem Gut entlang schlängelt. Übrig ließen die Wassermassen lediglich 27 Bilder, darunter immerhin sein Lieblingsbild, ein Ölgemälde, das auch bereits im Wasser gelegen hatte, aber dennoch erhalten werden konnte.

Um Contenance bemüht meint Christian Mitterecker: „Wenn ich zum Zeitpunkt der Katastrophe da gewesen wäre, hätte ich zutiefst frustriert, alles, was noch da war, hinterhergeschmissen." Gut, dass er zu diesem Zeitpunkt nicht da war.

Direkt nach seinem Krankenhausaufenthalt besichtigte der Künstler den Ort der Katastrophe selbst: Brücke und Baum neben dem Atelier waren weggefegt, die Werkstatt geputzt, der Boden vom Wasser aufgewölbt, die Wände schimmelig und die Werkstatt leer. Es war einfach nichts mehr da. Ganz besonders schockiert hat ihn seltsamerweise die Tatsache, dass der Baum neben dem Atelier und die Brücke über dem Bach wie wegradiert waren.

Wie fühlt man sich, wenn man vor dem Nichts steht, vor dem Ruin sozusagen?

Statt riesiger Trauer und Zusammenbruch habe er lediglich den eigenartigen Zustand von absoluter Ruhe gespürt. Es stellte sich sogar ein Gefühl des Befreitseins ein, meint er nachdenklich und sichtbar selbst ein wenig irritiert: „Ich darf neu anfangen!" war ein blitzartiger Gedanke. Die vom Schicksal erzwungene willkürliche Bildauswahl, die noch verblieben ist, repräsentiere ihn nicht mehr, so Christian Mitterecker mit einem leicht schmerzlichen Lächeln, und plötzlich habe ihn die Erkenntnis ergriffen „Ich selbst bin das Atelier“. Also Neuanfang kann das nur bedeuten! Und der soll heißen, für das Leid der Welt zu sensibilisieren, mit vielen Aktionen an die Öffentlichkeit treten. Der Schmerz über das Verlorene hat sich gewandelt zu einer hoffnungsvollen Aufbruchsstimmung. Könnte man es so sagen: Kunst für die Menschen? Nicht einfach ästhetisch, sondern um zu helfen?

12 Münster regt zum Fabulieren an

Verkehrsinsel

Herr S. ist arbeitslos und alleinstehend. Er spricht nicht gern. Durch seine Art, Pflastersteine und Straßenlaternen unvermittelt minutenlang anzustarren, verschreckt er die Mitmenschen. Herr S. ist weder Autofahrer noch Radfahrer. Er ist überzeugter Fußgänger. In dieser Eigenschaft sieht er das unablässige Kreisen von Autos, Bussen und Fahrrädern um den Ludgeriplatz - grüne Insel inmitten von Asphalt und Verkehrsgewühl - mit Missvergnügen.
Eines Tages nutzt er ein Stocken im steten Fluss der Fahrzeuge, um auf die Insel zu gelangen. Er setzt sich zwischen Kaninchen und leuchtende Narzissen ins feuchte Gras. Die Kaninchen hoppeln beiseite und knabbern unbeirrt weiter an den Gräsern. Ohne Pause rollen die Reifen der Autos an den Augen von Herrn S. vorbei, dazwischen flitzen silbrig und schwarz die Speichen der Fahrräder. Im Halbkreis schwingt sein Blick, von rechts nach links, rechts nach links.
Herrn S. gefällt es zwischen den Kaninchen, Gräsern und Narzissen. Er sitzt still auf der grünen Insel und lässt die übrige Welt sich drehen. Herr S. stellt sich ein kleines Zelt auf. Das schützt ihn vor Sonne und Regen. Manchmal bleibt er über Nacht. Dunkelheit hat die Abgase aufgesogen, den Tageslärm geschluckt. Ab und an fährt ein Taxi vorbei. Keine Busse, mal ein Radfahrer. Ein Stern blinzelt ihm zu.
Später taumeln herbstmüde Blätter durch einen staubigen

Himmel. In die Kronen der Linden sind weiße Lichtbänder gehängt worden. Mit ihrem Glühen sollen sie im Adventsdämmern Wärme vorgaukeln. Noch liegt kein Schnee auf dem Rasen. Die Kaninchen sind verschwunden.
Hoch und voller Sterne dann der winterliche Himmel in der Nacht. Eisig glitzern die Sterne. Der Himmel greift weit ins Unendliche. Herr S. kann tief durchatmen, die frische, kalte Luft in sich hineinströmen lassen. Er schaut und atmet. Er bricht ein vereistes Zweiglein von einem Busch und steckt es in den Mund. Unvergleichlich der Geschmack, leicht, silbrig wie das Flirren der Sterne.
Keiner fragt, was Herr S. da treibt. Polizisten werfen manchmal einen Blick aus kurvenden Streifenwagen. Sie halten nicht an.
Ein Kind auf seinem Rad wird gegen die Insel geschwemmt. Es findet sich auf dem Rasenfleck wieder, sieht Herrn S. „Was machst du da?“, fragt es. „Nichts“, sagt Herr S. Das Kind nickt, setzt sich neben ihn und macht eine Weile nichts. Dann nimmt es sein Rad, verlässt Herrn S. und verliert sich im Vorbeitreiben der Fahrzeuge.

Ingrid Löhr

Nur die Ruhe

Am Anfang entstand ein harmloses Fragezeichen. „Wer klingelt denn da?“ Judith spionierte durchs Fenster. Ein Mann in rot-gelber Jacke stand vor der Haustür, in der Hand ein länglich-braunes Etwas. „Ypiieh, mein Paket ist da.“ Freude durchflutete die Handorfer Erdgeschosswohnung. Mit Tempo fortissimo jubelte Judith zur Tür. Alle Gedanken waren bei ihrem Liebsten, der ihr gerade aus dem fernen Freiburg einen Kuss in Kartonform zuhauchte. Judith vergaß völlig den Türöffnungssummer, eilte gleich durch bis zur Haustür. Der Paketzusteller grüßte, trat ein und begann seine Arbeit. Plötzlich ein Knall. Und noch einer. Laut und hallend im Treppenhaus der erste. Das war Judiths zuschlagende Wohnungstür. Stumm und wallend in Judiths Kopf der zweite. Das war der Gedanke Scheißederschlüssel! Scheißederschlüssel! Ein Ausrufezeichen bohrte sich durch Judiths Schädeldecke, stand im Raum, dick und fett und protzig. „Hier bin ich und hier bleibe ich!“, schien es zu sagen, während Judiths Augen ratlos einen Halt suchten. Die Worte des Postboten waren gut gemeint: „Wollen Sie mit meinem Telefon jemanden anrufen?“ Da war es wieder, dieses Fragezeichen. Und Judith fand in dieser Frage keine Lösung, wohl aber ein Ventil: „Wen soll ich anrufen? Wer hat denn noch einen Schlüssel? Hier in Münster? Was mach ich denn jetzt? Was mach ich denn jetzt?“ Eine ganze Heerschar von Fragezeichen strömte in das Handorfer Treppenhaus. Und diese waren nicht so harmlos wie das Symbol der Neugier nach dem Klingelton. Fiese Krummbuckel waren das jetzt. Haken, borstige Widerhaken. Und es wurden immer mehr. Ganze Busgesellschaften von hässlichen Fragezeichen fanden den Weg in Münsters Osten. Ungebeten traten sie ein. Diese ekligen Dinger säuberten nicht einmal ihre Fußpunkte auf der Matte am Eingang. Es herrschte ein Gewimmel im

Treppenhaus wie früher bei den Demonstrationen in der Schirlheide. Das fette protzige Ausrufezeichen hatte schon längst das Weite gesucht.
Mitten im Verzweiflungssturm standen die hilflose Judith und ein Paketzusteller, der doch nur einen Kuss aus Freiburg überbringen wollte. Die wenigen Haare, die der etwas ältere Postfritz noch besaß, standen zu Berge. Dünn gesät waren sie, aber sie standen aufrecht wie – so wie Ausrufezeichen! Und sie klopften im Kopf des Postmannes ein Wort frei: „Ein Fenster!“ Judith schaute auf und alle Fragezeichen erstarrten. „Vielleicht steht ein Fenster offen, durch das ...“ „Die Terrassentür! Das ist es!“ Judith fiel dem Postfritzen ins Wort, doch unhöflich war das nicht. Befreiend war das! Und es bildeten sich Ausrufezeichen! Jede Menge Ausrufezeichen! Und diese waren schlank und schön und aufrecht, nicht so fett wie der hämische Protz vorhin. Judith klingelte bei Nachbarn! Diese öffneten den Kellerdurchgang! Und wenig später trat Judith durch ihre Wohnungstür ins Treppenhaus! Triumphierend! Den Schlüssel! Schwenkend! „We´ve got it! We´ve got it!“ Hey war das eine Freude! Dutzende von Taxis fuhren auf der Dorbaumstraße vor, um maulende, schimpfende Fragezeichen fortzuschaffen. Doch die schönen Ausrufezeichen blieben! Sie hatten gesiegt! Auf ganzer Linie gesiegt! Ein supergutes Gefühl war das! Judith war wieder in ihrer Wohnung! Und hatte einen Kuss von ihrem Liebsten aus Freiburg! Hach, wie schön! Und der Postbote?
Oh nein, dieses Fragezeichen ist wieder ein harmloses Symbol der Neugier. Der Postfritz bekam einen Kuss von Judith und

ein paar wunderschöne Strahleaugen dazu. Und als er zu seinem fahrbaren Geschenkdepot zurückging, sah man ihn langsam gehen, in Gedanken lächelnd und aufrecht wie ein – ganz genau!

Michael Werner

Send

Nora war in Eile. In zehn Minuten wollte sie sich mit Anne am Riesenrad treffen. Am Torhaus parkte sie ihr quietschgrünes Fahrrad und schloss es ab.
„Schön hierbleiben, Fröschlein." Sie klopfte gut gelaunt auf den Sattel und sprintete Richtung Hindenburgplatz.
Von Weitem sah sie das Riesenrad und freute sich auf Anne, die sie schon ewig nicht gesehen hatte. Ausnahmsweise regnete es mal nicht und es war immer noch ziemlich warm. Und voll war es. Ganz Münster und ganz Holland tummelte sich zwischen den Kirmesbuden.
Sie versuchte, sich zwischen den Menschenmassen durchzumogeln. Rechts von ihr war eine große Losbude mit den hässlichsten Gewinnen, die man sich nur vorstellen konnte.
„Verdammt, warum geht das nicht weiter?" Vor ihr standen die Menschen in einem dichten Pulk und niemand bewegte sich vorwärts. Von hinten drängelten sich die ersten gegen sie.
„Hallo, was soll das?", schnauzte Nora eine dicke Frau hinter sich an, deren Brüste sich gegen ihren Rücken pressten.
„Ich kann nix dafür", jammerte diese. „Von hinten drücken

die immer weiter!“

Langsam wurde es Nora unheimlich. Sie klemmte fest. Und von hinten schoben die Massen sie gegen die Reihe vor ihr.

Ihr brach der Schweiß aus und Panik stieg in ihr hoch.

Doch plötzlich wurde sie kräftig am Arm gepackt und jemand zog sie aus der Menschenmasse in einen Zwischenraum von Losbude und Crêpestand.

„Na, das war aber schon sehr eng“, hörte sie eine freundliche tiefe Stimme.

„Danke, dass Sie mich da rausgezogen haben“, sagte Nora erleichtert.

Sie sah sich ihren Retter genauer an. Dunkle, fröhliche Augen in einem milchkaffebraunen Gesicht.

„Heute ist wohl mein Glückstag“, lachte er und Nora bewunderte seine makellosen Zähne. Und sie wünschte sich, dass er sie nie wieder losließ.

Und Anne? Die bekam eine SMS. „Bin leider verhindert, melde mich später. Happy Nora.“

Marion Spaan

13 Wenn Münster zur Fantasiestadt wird

Eine unerwartete Wilsberg-Begegnung

Dienstag, 22.02.2014. Das Antiquariat Solder liegt unscheinbar an einer Straßenecke gegenüber der Überwasserkirche in Münster. Nichts an dem großen roten Backsteingebäude zieht die Aufmerksamkeit eines Nicht-Wilsberg-Zuschauers auf sich. Aber wer ein Fan der ZDF-Krimiserie ist, erkennt dieses Antiquariat sofort.

Viele Passanten beachten das Gebäude gar nicht. Sie eilen vorüber und schenken ihre Aufmerksamkeit hauptsächlich ihren Smartphones. Vielleicht sind sie Münsteraner und für sie ist das Antiquariat nichts Besonderes mehr. Vielleicht kennen sie Wilsberg nicht und fragen sich, welche Deppen vor so einem stinknormalen Ramschladen mit alten, eingestaubten Büchern stehen bleiben, den Weg versperren und mindestens 500 Fotos machen.

Aber die Fußgänger, die stehen bleiben, sind begeistert und fasziniert. Familienväter reden wild auf ihre Kinder ein, erzählen von der Besonderheit dieses Antiquariats und dass Leonard Lansink alias Georg Wilsberg schon oft hier gestanden und den Anweisungen des Regisseurs gelauscht hat.

Ich bin neugierig geworden und überquere die Straße. Mein Ziel ist die Eingangstür. Doch als ich den alten Türgriff nach unten drücke, fällt mein Blick auf das populäre „Geschlossen"-Schild, das in der Tür baumelt. Man kennt das ja als

Krimigucker. Jedenfalls, die Tür ist abgeschlossen. So ein Mist!
Plötzlich spüre ich einen warmen Atem im Nacken und drehe mich ruckartig um. Es klingt verrückt, aber Georg Wilsberg steht auf einmal vor mir. Trocken sagt er: „Sorry, wollte dich nicht erschrecken."
„Schon gut, ääh ... nichts passiert", stammle ich. Ich bin platt. Da spielen mir doch meine Sinne einen Streich, oder!?
„Darf ich?" Er deutet auf die Tür. Ich mache einen Schritt zur Seite, damit Wilsberg aufschließen kann. Die Tür fällt hinter ihm zu und ich bleibe alleine draußen stehen.
Wenig später rasen drei Polizeiautos um die Ecke, halten mit quietschenden Reifen und parken den Eingang zu. Aus einem der Wagen springt ein Kommissar, den ich sofort erkenne. Overbeck. Wahrscheinlich meint er, er müsste wieder den Chuck Norris von Münster mimen und unschuldige Leute festnehmen. In diesem Fall ist es natürlich wieder sein Erzfeind Georg Wilsberg.
„Zugriff! Nehmt ihn fest!"
Seine sechs Kollegen folgen dem Befehl und stürmen auf den Eingang des Antiquariats zu.
Ein viel zu großer Aufwand, Wilsberg wird so oder so keinen Widerstand leisten. Er ist es gewohnt, unnötigerweise festgenommen zu werden. Gleichzeitig kommen auch noch Alex und Ekki angerannt, sie ahnen bereits, dass ihr bester Freund wieder in Schwierigkeiten steckt. Auch sie betreten den mittlerweile wahrscheinlich überfüllten Laden und fangen wild an, mit den Polizisten zu diskutieren.

Ich schaue zu Overbeck, der selbstzufrieden dümmlich lächelnd an der Motorhaube seines Wagens lehnt und scheinbar belustigt dem Trubel im Inneren des Antiquariats lauscht. Georg Wilsberg erscheint in der Tür, seine Hände sind mit Handschellen gefesselt, aber er wird von keinem der Polizisten begleitet. Bevor er sich an Overbeck wendet, schaut er mich schulterzuckend an. „Tja, ich bin dann mal wieder weg."
Dann zu Overbeck: „Deine Kollegen sind noch anderweitig beschäftigt. Kannst du mich schon mal zum Kommissariat fahren? Ich will mit Anna sprechen."
Overbeck schnaubt verächtlich: „Klar, aber diesmal wird auch die Hauptkommissarin dich nicht da rausholen können. Ich habe handfeste Beweise gesammelt!"
„Aha, also wie beim letzten Mal auch", grinst Wilsberg spöttisch.
„EINSTEIGEN!" Overbeck ist gereizt und reißt die Wagentür auf. Wilsberg lässt sich auf die Rückbank fallen und der Kommissar knallt die Tür hinter ihm zu.
Als er bemerkt, dass ich die Szene interessiert beobachte, sagt er genervt: „Dieses respektlose Verhalten! Werde du bloß niemals so wie dieser Antiquar und Möchtegern-Privatdetektiv!"
Ich nicke pflichtbewusst, kann mir ein Grinsen aber nur schwer verkneifen. Overbeck scheint sich jedoch damit zufriedenzugeben, steigt ins Auto und braust davon.

Das Geschehen im Antiquariat interessiert mich nicht mehr. Ein Milchshake wäre jetzt super. Ich glaube, auf der anderen Seite der Überwasserkirche gibt es ein Eis-Café.

Lena Heuing

Ein „flüchtiger" Traum

Ich bin heute mal wieder in Münster und lauf zur Lamberti-Kirche. Die Bank vor der Kirche sieht verlockend aus, da meine Beine von der Stadttour sehr erschöpft sind. Langsam schlendere ich hin und lass mich erleichtert darauf fallen. Als ich sitze, starre ich eine ganze Weile auf die Käfige. Ich stelle mir vor, wie die Verurteilten geschrien und gelitten haben müssen. Dabei fang ich an zu dösen und träume vor mich hin …

„Nein, ich bin unschuldig!", schrie der Mann verzweifelt. „Das sagen sie alle und nachher sind sie dann doch Wiedertäufer!", erwiderte ein anderer. Offensichtlich leitete er die Gruppe der Verfolger. Er und seine Kollegen zückten ihre Säbel und richteten sie auf ihn. „Mitkommen! Und jetzt ohne Widerstand, wenn du nicht sterben willst!", befahl der Kommandeur. „Was hab ich zu verlieren? Ich werde doch so oder so sterben! Bei jeder Variante wird Gott mich zu sich rufen!", sprach der Mann erregt. „Ist mir auch egal! Los! Bewegung!", schrie nun der Kommandeur sichtlich wütend. Er drückte dem armen Mann, den er für einen Anführer der Wiedertäufer hielt, seinen Säbel in den Rücken, und die kleine Gruppe

setzte sich in Bewegung.
Als sie an der Kirche ankamen, war es Nacht, tiefste, rabenschwarze Nacht. Flehend, ihn doch freizulassen, ging der Mann, immer noch mit dem Säbel des Kommandeurs im Rücken, auf das Eingangsportal der Kirche zu. Auf dem Weg nach oben sah der Mann ein, dass es sinnlos war, weiter zu betteln und zu flehen, und verstummte. Tränen rannen ihm übers Gesicht. Aber die Gruppe des Kommandeurs und auch er selber blieben hart. Sie waren fest davon überzeugt, einen ganz dicken Fisch an der Leine zu haben. Kaltblütig lächelte der Kommandeur in sich hinein. Das war nicht das erste Mal, dass er so was machte, und er liebte es, die hoffnungslosen Gefangenen flehen und betteln zu sehen und ihren Willen zu brechen. Er hasste solche Menschen aus vollem Herzen. Warum? Das wusste kein Mensch ... Nach ein paar Minuten kamen sie an den Käfigen an. Ein Mann mit dickem Schlüsselbund in der Hand trat aus der Gruppe heraus und schloss den obersten Käfig auf. Es war dunkel und kalt darin. „Hereinspaziert in unsere kleine Herberge!", sprach der Kommandeur mit einem bösen Grinsen. Er hoffte auf eine Beförderung, weil alle glaubten, der Mann sei einer der Anführer der Wiedertäufer. „Hier wirst du sicher verwahrt, bis du hingerichtet wirst", sprach er weiter. Der Mann mit den Schlüsseln warf die Tür zu. Mit einem lauten Krach fiel sie ins Schloss.

Sorgfältig schloss er ab und ging mit den anderen wieder hinunter. Als sie unten ankamen, warf der Kommandeur noch einen zufriedenen Blick nach oben, ehe er sich von den ande-

ren verabschiedete und sie alle getrennte Wege gingen.
Ängstlich und zugleich wütend sah der Mann im Käfig auf das friedlich schlafende und nichts ahnende Münster herab. Zwei Fragen schossen ihm durch den Kopf: Wie zur Hölle kommen die da drauf, dass ich ein großer Anführer der Wiedertäufer wär?! Und wie komm ich verdammt noch mal aus diesem blöden Käfig raus, bevor diese Irren mir morgen das Fleisch abziehen und meine Knochen dann wieder reinwerfen?! Langsam stieg pure Panik und Verzweiflung in ihm auf. Plötzlich packte er die eiskalten Gitterstäbe, rüttelte an ihnen, was das Zeug hielt. Er rüttelte aus Leibesseele und nach einer halben Stunde hörte er plötzlich ein leises Knacken. Der Käfig hatte sich aus seiner Verankerung gelöst. Mit einem Affenzahn schoss er 50 Meter tief in Richtung des Platzes unter ihm. Durch den Druck wurde er an den Käfigboden gedrückt, aber er wusste, wenn er das überleben wollte, musste er vom Boden weg. Mit seiner letzten Kraft zog er sich hoch und stemmte sich mit seinen Füßen gegen die andere Seite des Eisenkäfigs. Mit einem lauten Krachen schlug der Käfig samt Mann auf und die Käfigtür löste sich! Erleichtert ließ sich der Mann fallen und landete auf seinem Hosenboden. Er konnte es nicht fassen. Er hatte es geschafft, er war der Erste, der sich aus der Gewalt des Bischofs hatte lösen können! Glücklich, aber auch ein bisschen gehetzt, da er dachte, die Soldaten des Bischofs könnten jeden Moment hier auftauchen, stieg er aus dem Käfig und rannte den Prinzipalmarkt hinunter, am Rathaus vorbei und bog rechts ein. Er kam zum riesigen, monumentalen Dom, blieb aber nicht da und betete, so wie es die meisten ta-

ten, sondern lief, so schnell es ging, weiter.
Währenddessen hatte ein Soldat des Bischofs, der zufällig vorbeikam, bemerkt, dass der Gefangene geflohen war. Es war ja auch nicht zu übersehen … Der Soldat rannte zur Kaserne, wo er Bericht erstattete. Da er nicht betrunken war, so wie die meisten der Männer zu dieser späten Uhrzeit, glaubte man ihm halbwegs. Der Kommandeur (nicht betrunken, allzeit bereit) schickte einen kleinen Trupp zur Überprüfung.
Als die Männer zurückkamen und berichteten, konnte der Kommandeur sich vor Erstaunen und Angst um seine Beförderung für ein paar Sekunden nicht mehr aus seiner Schockstarre lösen. Als er wieder klar denken konnte, teilte er kleine Gruppen ein, um den Mann wieder einzufangen.
Die Truppen verteilten sich auf alle Himmelsrichtungen. Die Gruppe unter der Leitung des Kommandeurs ging nach Westen, Richtung Dom …
Der Mann, der gerade an der Überwasser-Kirche ankam, musste eine kleine Pause einlegen, da er vom vielen Rennen TOTAL kaputt war. Außerdem fühlte er sich im Moment sehr sicher. Wie Gefühle doch täuschen können … Denn genau, nachdem er das gedacht hatte, erschienen am anderen Ende des Platzes Gestalten mit Fackeln in den Händen. Im flackernden Licht des Feuers konnte er, wenn auch etwas unscharf, das grimmige Gesicht des Kommandeurs erkennen. „Mist! Wie konnten die mich nur so schnell finden?!", dachte er entsetzt. Schnell setzte er sich wieder in Bewegung, bevor sie ihn sehen konnten, doch es war bereits zu spät …
„Seht! Dort vorne! Das ist er!", schrie der Kommandeur ganz

aufgeregt. „Haha! Jetzt hab ich doch noch eine Chance auf die Beförderung!“, triumphierte er in Gedanken. Sofort rannten er und seine Mannen ihm hinterher. Die Männer im Zeichen des Bischofs waren frisch und ausgeruht, der Mann dagegen schon am Ende seiner Kräfte. Er mobilisierte noch einmal seine letzte Kraft und das Adrenalin schoss in ihm hoch. Dennoch war der Kommandeur ihm auf den Fersen. Er spürte schon seinen Atem ihm Nacken, als er plötzlich in eine kleine Gasse am Wegesrand einbog. Der Kommandeur war im vollen Lauf und hatte nichts von der Aktion geahnt, weswegen er verdutzt vorbeirannte. So schnell es ging, machte er kehrt. Als er wieder an der Gasse war, kamen auch gerade seine Leute an, die nicht so gute Läufer waren wie er. Gemeinsam bogen sie in die ruhige Straße ein, doch es war schon zu spät. Er war wie vom Erdboden verschluckt. Auch nach stundenlanger Suche fanden sie ihn nicht und er wurde nie mehr gesehen.
Ich wache auf, es beginnt schon zu dämmern. Ich bin immer noch auf derselben Bank wie vorher.

„Ich bin wohl eingeschlafen“, denke ich mir. Als ich im Zug zurück nach Hause sitze, kommt mir wieder dieser merkwürdige Traum in den Sinn. Die Wiedertäufer? Was war denn jetzt los mit denen? Da muss ich doch wohl im Geschichtsbuch nachschauen.

Jonas Ernsting

Mord am Prinzipalmarkt

Hektisch stopfte er das Kleid unter seine Jacke. Niemand hatte ihn in der Nacht kommen und gehen sehen. Nun musste er sich beeilen. Er ging zügig unter den Bögen des Prinzipalmarktes Richtung Domplatz, versuchte, dabei möglichst unauffällig zu wirken. Eine Horde betrunkener Studenten kam ihm entgegen, zwei von ihnen torkelten und touchierten ihn fast im Vorbeigehen. Hoffentlich haben sie nicht mein Gesicht gesehen, dachte er. In der Zeitung würde es eh frühestens in zwei Wochen stehen, wenn der Gestank aus der Wohnung unerträglich werden würde, sich die ersten Anwohner beschweren würden, erst die Polizei und dann das Team der Gerichtsmedizin auftauchen würde. Bis zum letzten Atemzug hatte er es genossen, ihren panischen Blick, ihre aufgerissenen Augen. Hast dir den Abend wohl anders vorgestellt, Schätzchen? Hast gedacht, ich bin endlich der Prinz mit dem Gaul, der edle Gönner, der dir die ganze Scheiße finanziert. Galadinner, Theaterbesuche und Kurztrips nach Mauritius an den langen Wochenenden. Pferderennen, Weinproben im Elsass und Oper in Hamburg.

Sie war wirklich verliebt in ihn gewesen. Naives Dummchen, dachte er, wie kann man nur so blind sein. Wenigstens hatte er diesmal wieder an die Trophäe gedacht, ihr letztes Kleid, das sie lebend trug. Dunkelroter Chiffon, mit einem gewagten Rückenausschnitt, der alle Blicke auf sich zog. Er hatte es auch eine Zeit genossen mit ihr. Solange er sich noch mit ihr schmücken konnte, das Kribbeln des Unbekannten noch vorhanden war und er nicht den Hauch einer Routine verspürte. Hastig eilte er weiter, überquerte den menschenleeren Domplatz und lief weiter Richtung Altstadt, überquerte die Aa und ließ langsam die Innenstadt hinter sich. Nur vereinzelt kam ihm ein nächtlicher Heimkehrer entgegen, dann noch ein Radfahrer, telefonierend, mit dem Rad strauchelnd, sich wieder fangend, sah ihn nicht. Er verlangsamte sein Tempo und entspannte sich langsam.

Er griff sich in seine Hemdtasche und zog das Handy heraus, gab den Pin ein und öffnete die letzten Fotoaufnahmen. Ihr Gesicht von der Seite, aus dem Fenster schauend, der Tisch mit dem Wein und den bauchigen Gläsern, all das hatte er noch festgehalten, bevor er ihr das Leben nahm. Sein Blick fiel auf das letzte Foto. Ihr nackter Körper, der halb über das Sofa hing, die Arme schlaff nach unten baumelnd. Ihm fiel ein gelblicher Schimmer auf, links oben am Rand des Fotos. Die Kerze! Er hatte die Kerze nicht ausgemacht! Er blieb abrupt stehen und erstarrte. Tausend Gedanken rasten durch seinen Kopf. Wie lange mochte es dauern, bis die Flamme das leicht entzündliche Gesteck am unteren Ende erreicht hatte? Wie schnell wird das Feuer um sich greifen und die Nachbarschaft alarmiert sein? Er drehte sich auf dem Absatz um und rannte wie von Sinnen durch die Straßen, über die kleine Brücke, unter der sich die Aa schlängelt. Er erreichte den Domplatz, lief, mittlerweile keuchend, auf das alte Rathaus zu und bog dann links um die Ecke, wo er schon von Weitem die Haustür zu ihrer Wohnung erkennen konnte. Er stieß gegen die Eingangstür, sie schloss nicht richtig und gab nach, zum Glück. Nun schnell nach oben zur Wohnung. Auf dem letzten Treppenabsatz stolperte er und fiel der Länge nach hin, knallte mit dem Kopf gegen den Absatz der letzten Stufe und blieb bewusstlos liegen. Aufgeweckt durch den Lärm, den er dabei verursachte, öffnete ein Nachbar die Tür, sah den Unbekannten auf dem Flur liegen und nahm gleichzeitig einen Geruch wahr, der ihn alarmierte. Er ging zurück in die Wohnung und wählte den Notruf. Nach einiger Zeit hörte man die Sirenen immer näher kommen. Feuerwehrleute und Polizisten sammelten sich im Haus, die Wohnungstür wurde aufgebrochen und das bereits entfachte Feuer noch gerade rechtzeitig gelöscht. Nicht nur die Leiche, sondern auch der Täter wurde mitgenommen, der sich dadurch verraten hatte, dass er das rote Kleid der Frau unter seiner Jacke trug, und der immer noch halb bewusstlos vor sich hin dämmerte.

Jennifer Veldman

Autorinnen- und Autorenverzeichnis

Christoph Aschenbrenner: Studium in Münster; seit 1993 in der münsterischen Autorengruppe Sem;kolon. Zum Autor fühlte ich mich früh berufen und kann diese Neigung in Veröffentlichungen und auf Lesungen ausleben.
Die Beiträge von Christoph Aschenbrenner sind zuerst in seinem Buch „Ultraviolett - 14 Momentaufnahmen aus unbestimmten Tiefen" des sonderpunkt Verlages Münster erschienen.

Josephine Berghorn: Ich bin Schülerin der Marienschule Münster, ich schreibe, weil ich in meinen Geschichten meiner Fantasie freien Lauf lassen kann und es mir Spaß macht, neue Welten zu erfinden und auszuschmücken.

Marlene Berghorn: Ich bin in der 5. Klasse der Marienschule Münster.

Gregor Bohnensack-Schlößer: Ich lebe seit über 30 Jahren in Münster. Bin Autor, Performer und Weiterbildner. Motto: Jeder Text ist für mich eine Entdeckungsreise.

Christa Borowski-Schmitt: Ich lebe seit 1977 in Münster und arbeite bei einem Wohlfahrtsverband sowie ehrenamtlich für eine Pfarrbücherei. Veröffentlicht habe ich bisher in Kinderzeitschriften und Anthologien. Ich schreibe, weil es mir Spaß macht, meine Gedanken in Worte zu fassen.

Hanna Bowinkelmann: Ich bin Schülerin und schreibe in meiner Freizeit Geschichten, denn ich möchte Menschen mit meinen Texten berühren.

Monika Boxberger: Ich schreibe gerne mit, weil es die Sprache meines Herzens ist und ich dabei meine Gedanken ordnen kann!

Francesco Catania: Ich bin ein Student des Lebens und Evolutionsbiologe, der an der Universität Münster forscht und lehrt.

Julia Demming: Ich mache – nach dem Studium der Sozialwissenschaft und Spanischen Philologie in Bochum – eine Ausbildung zur Hörfunkredakteurin bei Radio Bochum und schreibe, um meine Gedanken zu ordnen.

Anne Effing: Schülerin am Arnold-Janssen-Gymnasium, Stufe EF (10. Klasse).

Jonas Ernsting: Ich bin in der sechsten Klasse am Arnold - Janssen-Gymnasium. Ich hab mit dem Schreiben angefangen, weil ich es interessant finde, sich eine eigene „Welt" ausdenken zu können, wobei ich mich auch gerne von geschichtlichen Ereignissen inspirieren lasse.

Maik Frahm: Auf den ersten Blick scheine ich als Finanzcontroller am Uniklinikum Münster wohl nicht geeignet zu schreiben. Wenn der zweite Blick bei der einen oder anderen

Leserinnen/dem einen oder anderen Leser den Schein verändert, freue ich mich. Ich schreibe nicht viel, aber gerne.

Arrigo Fruscalzo: Ich bin Frauenarzt und komme aus Italien. Vor langer Zeit war ich Erasmusstudent in Münster, seit mehreren Jahren wohne und arbeite ich hier. Alle fragen mich, warum ich nach Münster zurückgekommen und hiergeblieben bin. Die Antwort gibt meine kurze Erzählung.

Marion Gitzel: Rentnerin und Schriftstellerin aus Leidenschaft. Ich schreibe mit, weil ich aus Mitteldeutschland komme und Münster lieben gelernt habe.

Matthias Haselier-Bartlett: Zugelaufen zwar, aber seitdem – immerhin 35 Jahre –Münster treu; Philosophielehrer vor den Toren Münsters; bei einer guten Gelegenheit wie dieser schreibe ich, weil es Lust bereitet und Klarheit verschafft.

Lena Heuing: Ich bin Schülerin des Arnold-Janssen-Gymnasiums und schreibe Texte, um meine Gedanken mit anderen Menschen zu teilen.

Maren Heuing: Ich habe 2014 mein Abitur am Arnold-Janssen-Gymnasium gemacht. Derzeit absolviere ich ein FJA in Kanada. Ich schreibe, da das Schreiben für mich neue Welten entstehen lässt und mir hilft, meine Gedanken zu sortieren.

Helena Jansen: Schülerin am Arnold-Janssen-Gymnasium, Stufe EF (10. Klasse), Teilnehmerin der Schreibwerkstatt.

Johanna Köhler: Ich bin ebenfalls Schülerin am Arnold-Janssen-Gymnasium, Stufe EF (10. Klasse) und Teilnehmerin der Schreibwerkstatt.

Kerstin Kohlpott: Ich bin elf Jahre alt und schreibe gerne Geschichten, weil ich so in meinen Gedanken eine Welt erfinden kann, wie sie mir gefällt.

Ingrid Löhr: Ich bin Schriftstellerin, interessiere mich für Menschen und Geschichte(n) und schreibe aus Freude am Wort und am Gestalten.

Friedrich Malinowski: Erfinder der „Diagonalen Intelligenz", Entdecker der „Paarodisten von Münster", Erstveröffentlichung des Slogans: „Münster, quer durchs Herz geschrieben!" Erstmals aufgetreten in der Geschichte: „Der Altstadtneurotiker."

Brigitta Meeßen: In unserer materialistischen und schnelllebigen Zeit empfinde ich Schreiben und Malen als absoluten Luxus, den ich mir gerne gönne.

Christian Mitterecker: Österreichischer Grenzgänger zwischen Dichtung und Bildhauerei; im Widerstand gegen die Verblödung von Apple, Facebook & Co und deren Erschaffung des wirtschaftlich und politisch gelenkten - entmenschlichten - Menschen.

Elfriede Möllenbaum: Stadtbekannte Stadtführerin und Plaudertasche mit eigener Talkschau „Dat Dichten macht mir Spässchen".

Eckhard Müller: Unterm Heimatforschen wie auch in der Geschichtswerkstatt fallen Gedanken an, die einfach mitgeteilt gehören.

Fynn Nitschke: Schüler des Arnold-Jansen-Gymnasiums, Klasse 6, Teilnehmer der Schreibwerkstatt.

Christa Rademacher: Ich bin eine gern lebende und lesende Person, die seit 1000 Jahren in Münster wohnt, je älter, je lieber. Wenn ich lese oder schreibe, bin ich bei mir zu Hause. Manchmal veröffentliche ich etwas, zuletzt bei Monsenstein und Vannerdat „rhythmisch".

Renate Rave-Schneider: Autorin, Veranstalterin von Schreibwerkstätten und Wohnraumlesungen. Ich schreibe - manchmal mit spitzer Feder - über Geschehnisse, die mich in meiner Wahlheimat Münster bewegen.

Eva-Maria Schlitt: Lehrerin für Deutsch und katholische Religion am Arnold-Janssen-Gymnasium Neuenkirchen, Literaturliebhaberin und absoluter Münsterfan. Literatur und

Schreiben sind für mich Schlüssel in eine andere Welt. Hereinspaziert!

Eva Schmidtke: Autorin und Herausgeberin; Durchführung von Literaturprojekten und Schreibwerkstätten; das Schreiben lässt mich die Welt differenziert wahrnehmen.

Sabine Schmitz: Designerin, Malerin, Urban-Sketcher. Diese Geschichte wollte erzählt werden – ich schreibe sonst nicht. Das Malen und Zeichnen meiner Stadt liegt mir mehr.

Joachim Schneider: Ich bin pensionierter Lehrer und schreibe, weil mir Münster ans Herz gewachsen ist.

Olivia und Jessica Schulz: Ich, Olivia, bin in der 6. Klasse der Marienschule Münster und schreibe, weil ich dabei meine Fantasie loslassen kann. Über meine Mutter Jessica kann man in unserer Geschichte mehr erfahren.

Marion Spaan: Diplomdesignerin, „Schreiben ist für mich wie malen mit Worten".

Michelle Sperfeld: Ich bin Schülerin des Arnold-Janssen-Gymnasiums und ich schreibe Texte, um den Kopf frei zu bekommen und meine Gedanken zu sortieren.

Silke Steenblock: Obwohl ich immer mal wieder woanders lebe, gehört Münster doch seit vielen Jahren zu meinem Leben, und es hat mir Spaß gemacht, mich schreibend mit „meiner“ Stadt auseinanderzusetzen.

Karl Stommel: Ich besuche die 6. Klasse des Arnold-Janssen-Gymnasiums. Ich schreibe gerne, weil man dadurch in andere Rollen schlüpfen und alle Gefühle und Emotionen ausdrücken kann.

Gesa Sumowski: An der Küste geboren und aufgewachsen. Vor 26 Jahren – meine Güte, so lange ist das schon her? – zum Biostudieren nach Münster gezogen und geblieben. Wartet schreibend auf die Idee zum Bestseller.

Gabi Sutter: Autorin, Sängerin, Komikerin, Malfrau der Tüttelütt-Kunst. Schreiben ist meine Leidenschaft.

Jennifer Veldman: Systemische Beraterin und Glückscoach mit eigener Praxis in Münster. Das Schreiben ist einer meiner Glücksmomente, da ich die Welt dann im Flow erlebe. Ich schreibe, um in dieser schnellen Welt ein wenig zu entschleunigen und um dieses Gefühl mit anderen zu teilen (sbv-muenster.com).

Birgit Werner: Hausfrau und dreifache Mutter. Ich schreibe mit, weil ich Freude am Kreativen habe.

Abbildungsverzeichnis